Соседи

契诃夫小说选集

邻居集

〔俄〕契诃夫 著

汝龙 译

人民文学出版社

图书在版编目（CIP）数据

契诃夫小说选集.邻居集/（俄罗斯）契诃夫著；汝龙译.—北京：人民文学出版社，2021
ISBN 978-7-02-012946-1

Ⅰ.①契… Ⅱ.①契…②汝… Ⅲ.①短篇小说—小说集—俄罗斯—近代 Ⅳ.①I512.44

中国版本图书馆 CIP 数据核字（2017）第 134194 号

策划编辑　张福生
责任编辑　李丹丹
装帧设计　刘　静
责任印制　王重艺

出版发行　人民文学出版社
社　　址　北京市朝内大街 166 号
邮政编码　100705
网　　址　http://www.rw-cn.com

印　　刷　三河市博文印刷有限公司
经　　销　全国新华书店等

字　　数　94 千字
开　　本　787 毫米×1092 毫米　1/32
印　　张　7.625
印　　数　1—3000
版　　次　2021 年 4 月北京第 1 版
印　　次　2021 年 4 月第 1 次印刷

书　　号　978-7-02-012946-1
定　　价　30.00 元

如有印装质量问题,请与本社图书销售中心调换。电话:010-65233595

目　　次

套中人 …………………………… 1

普里希别耶夫军士 ……………… 30

邻居 ……………………………… 39

迟开的花朵 ……………………… 78

两个乱子 ………………………… 166

太太 ……………………………… 189

套 中 人

误了时辰的猎人们在米罗诺西茨科耶村边上村长普罗科菲的堆房里住下来过夜了。他们一共只有两个人:兽医伊万·伊万内奇,和中学教师布尔金。伊万·伊万内奇姓一个相当古怪的双姓:奇姆沙-吉马莱斯基,这个姓跟他一点也不相称,全省的人就简单地叫他的本名和父名伊万·伊万内奇。他住在城郊一个养马场上,这回出来打猎是为了透一透新鲜空气。然而中学教师布尔金每年夏天都在Π伯爵家里做客,对这个地区早已熟透了。

他们没睡觉。伊万·伊万内奇是一个又高又瘦的老人,留着挺长的唇髭,这时候坐在门口,脸朝外,吸着烟斗。月亮照在他身上。布尔金躺在房里的干草上,在黑暗里谁也看不见他。

他们讲起各种各样的事。顺便他们还谈到村长的妻子玛芙拉。她是一个健康而不愚蠢的女人,可是她一辈子从没走出过她家乡的村子,从没见过城市或者铁路,近十年来一直守着炉灶,只有夜间才到街上去走一走。

"这有什么可奇怪的!"布尔金说,"那种性情孤僻、像寄生蟹或者蜗牛那样极力缩进自己的硬壳里去的人,这世界上有不少呢。也许这是隔代遗传的现象,重又退回从前人类祖先还不是群居的动物而是孤零零地住在各自洞穴里的时代的现象,不过,也许这只不过是人类性格的一种类型吧,谁知道呢?我不是博物学家,探讨这类问题不是我的事。我只想说像玛芙拉那样的人并不是稀有的现象。是啊,不必往远里去找,就

邻　居　集

拿一个姓别里科夫的人来说好了,他是我的同事,希腊语教师,大约两个月前在我们城里去世了。当然,您一定听说过他。他所以出名,是因为他即使在顶晴朗的天气出门上街,也穿上套鞋,带着雨伞,而且一定穿着暖和的棉大衣。他的雨伞总是装在套子里,怀表也总是装在一个灰色的麂皮套子里,遇到他拿出小折刀来削铅笔,就连那小折刀也是装在一个小小的套子里的。他的脸也好像蒙着一个套子,因为他老是把脸藏在竖起的衣领里面。他戴黑眼镜,穿绒衣,用棉花堵上耳朵。他一坐上出租马车,总要叫马车夫支起车篷来。总之,在这人身上可以看出一种经常的、难忍难熬的心意,总想用一层壳把自己包起来,仿佛要为自己制造一个所谓的套子,好隔绝人世,不受外界影响。现实生活刺激他,惊吓他,老是闹得他六神不安。也许为了替自己的胆怯、自己对现实的憎恶辩护吧,他老是称赞过去,称赞那些从没存在过的东西。实际上他所教的古代语言,对他来说,也无异于他的套鞋和雨伞,使他借此躲避了现实生活。

"'啊,希腊语多么响亮,多么美!'他说,现出甜滋滋的表情。他仿佛要证明这句话似的,眯起眼睛,举起一个手指头,念道:'Anthropos!'①

"别里科夫把他的思想也极力藏在套子里。只有政府的告示和报纸上的文章,其中写着禁止什么事情,他才觉得一清二楚。看到有个告示禁止中学生在晚上九点钟以后到街上去,或者看到一篇文章要求禁止性爱,他就觉着又清楚又明白:这种事是禁止的,这就行了。他觉着在官方批准或者允许的事里面,老是包含着使人起疑的成分,包含着隐隐约约、还没说透的成分。每逢经当局批准,城里成立一个戏剧小组,或者阅览室,或者茶馆,他总要摇摇头,低声说:

"'当然,行是行的,这固然很好,可是千万别闹出什么乱子来啊。'

---

① 希腊语:人。

"凡是违背法令、脱离常轨、不合规矩的事,虽然看来跟他毫不相干,却惹得他垂头丧气。要是他的一个同事参加祈祷式去迟了,或者要是他听到流言,说是中学生顽皮闹事,再不然要是有人看见一个女校的女学监傍晚陪着军官玩得很迟,他总是心慌意乱,一个劲儿地说:千万别闹出什么乱子来啊。在教务会议上,他那种慎重、他那种多疑、他那种纯粹套子式的论调,简直压得我们透不出气,他说什么不管男子中学里也好,女子中学里也好,青年人都品行恶劣,教室里吵吵闹闹,哎呀,只求这种事别传到上司的耳朵里去才好!哎呀,千万别闹出什么乱子来啊,还说如果把二年级的彼得罗夫和四年级的叶果罗夫开除,那倒很好。后来怎么样?他凭他那种唉声叹气、他那种垂头丧气、他那苍白的小脸上的黑眼镜(您要知道,那张小脸活像黄鼠狼的脸),把我们都降伏了,我们只好让步,减少彼得罗夫和叶果罗夫的品行分数,把他们禁闭起来,最后终于把他俩开除了事。他有一种古怪的习惯:常来我们的住处访问。他来到一位教师家里,总是坐下来,就此一声不响,仿佛在考察什么事似的。他照这样一言不发地坐上一两个钟头,就走了。他把这叫做'跟同事们保持良好关系'。显然,这类拜访,这样呆坐,在他是很难受的。他所以来看我们,只不过是因为他认为这是对同事们应尽的责任罢了。我们这些教师都怕他。就连校长也怕他。您瞧,我们这些教师都是有思想的、极其正派的人,受过屠格涅夫和谢德林的教育,然而这个老穿着套鞋、拿着雨伞的人,却把整个中学辖制了足足十五年!可是光辖制中学算得了什么?全城都受他辖制呢!我们这儿的太太们到星期六不办家庭戏剧晚会,因为怕他知道。有他在,教士们到了斋期就不敢吃荤,不敢打牌。在别里科夫这类人的影响下,在最近这十年到十五年间,我们全城的人变得什么都怕。他们不敢大声说话,不敢发信,不敢交朋友,不敢看书,不敢周济穷人,不敢教人念书写字……"

伊万·伊万内奇想说点什么,嗽了嗽喉咙,可是他

先点燃烟斗,瞧了瞧月亮,然后才一板一眼地讲起来:

"是啊,有思想的正派人,既读屠格涅夫,又读谢德林,还读勃克尔①等等,可是他们却屈服,容忍这种事……问题就在这儿了。"

"别里科夫跟我同住在一所房子里,"布尔金接着说,"同住在一层楼上,他的房门对着我的房门。我们常常见面,我知道他在家里怎样生活。他在家里也还是那一套:睡衣啦,睡帽啦,护窗板啦,门闩啦,一整套各式各样的禁条和忌讳,还有:'哎呀,千万别闹出什么乱子来啊!'吃素对健康有害,可是吃荤又不行,因为人家也许会说别里科夫不持斋。他就吃用奶油煎的鲈鱼,这东西固然不是素食,可也不能说是斋期禁忌的菜。他不用女仆,因为怕人家对他有坏看法,于是雇了个六十岁上下的老头子做厨子,名叫阿法纳西,这人老

---

① 勃克尔(1821—1862),英国历史学家、社会学家、哲学家。

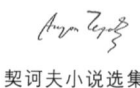

是醉醺醺的,神志不清,从前做过勤务兵,好歹会烧一点菜。这个阿法纳西经常站在门口,两条胳膊交叉在胸前,老是长叹一声,嘟哝那么一句话:

"'眼下啊,像他们那样的人可真是多得不行!'

"别里科夫的卧室挺小,活像一口箱子,床上挂着帐子。他一上床睡觉,就拉过被子来蒙上脑袋;房里又热又闷,风推动关紧的门,炉子里嗡嗡地响,厨房里传来叹息声,不祥的叹息声……

"他躺在被子底下战战兢兢。他生怕会出什么事,生怕阿法纳西来杀他,生怕小偷溜进来,然后他就通宵做噩梦,到早晨我们一块儿到学校去的时候,他闷闷不乐,脸色苍白。他所去的那个有很多人的学校,分明使得他满心的害怕和憎恶。跟我并排走路,对他那么一个性情孤僻的人来说,显然也是苦事。

"'我们的教室里吵得很凶,'他说,仿佛极力要找一个理由说明他的愁闷似的,'太不像话了。'

"您猜怎么着,这个希腊语教师,这个套中人,还差点结了婚。"

伊万·伊万内奇很快地回头瞟一眼堆房,说:

"您开玩笑了!"

"真的,尽管说起来古怪,可是他的确差点结了婚。有一个新的史地教师,一个原籍乌克兰、名叫米哈伊尔·萨维奇·科瓦连科的人,派到我们学校里来了。他不是一个人来的,而是带着他姐姐瓦连卡一路来的。他是个高高的、皮肤发黑的青年,手挺大,从他的脸相就看得出他说话是男低音,果然他的嗓音像是从桶子里发出来的一样:'嘭,嘭,嘭!……'她呢,已经不算年轻,年纪有三十岁上下了,可是她长得也高,身材匀称,黑眉毛,红脸蛋,一句话,她简直不能说是姑娘,而是蜜饯水果,活泼极了,谈笑风生,老是唱小俄罗斯的抒情歌曲,老是哈哈大笑。她动不动就发出响亮的笑声:'哈哈哈!'我记得我们初次真正认识科瓦连科姐弟是在校长的命名日宴会上。在那些死板板的、又紧张又沉闷的、甚至把赴命名日宴会也看做应公差的教师中间,我们忽然看见一个新的阿佛洛狄忒①从浪花里钻出来。她两手叉着腰,走来走去,笑啊唱的,翩翩起舞。……她带着感情唱《风在吹》,然后又唱一支抒情歌曲,随后又唱一支。她把我们大家,连别里科夫也在内,都迷住了。他挨着她坐下,露出甜滋滋的笑容,说:

"'小俄罗斯语言的柔和清脆使人联想到古希腊语言。'

"这句话她听着受用,她就开始热情而恳切地对他讲起他们在加佳奇县有一个庄园,她的妈就住在庄园里,那儿有那么好的梨,那么好的甜瓜,那么好的卡巴克②! 乌克兰人把南瓜叫做卡巴克,把酒馆叫做希诺克,他们用红甜菜和白菜熬的红甜菜汤:'可好吃了,可好吃了,简直好吃得要命!'

---

① 希腊神话中爱和美的女神,相当于古罗马神话中的维纳斯,她在海里诞生,从浪花里钻出来。
② 俄语:酒馆。

"我们听啊听的,忽然大家灵机一动,生出了同样的想法。

"'要是把他们配成夫妇,那倒不错。'校长太太轻声对我说。

"不知什么缘故,我们大家这才想起来:原来我们的别里科夫还没结婚;这时候我们才觉着奇怪:不知怎么,他生活里这样一件大事,我们以前竟一直没有理会,完全忽略了。他对女人一般采取什么态度呢?这种终身大事的要紧问题他怎样替他自己解决的?这以前我们一点也没有关心过这件事。也许我们甚至不允许自己想到:一个不问什么天气总是穿着套鞋、睡觉总要挂上帐子的人,也会热爱什么人吧。

"'他已经四十多岁了,她呢,也三十了……'校长太太说明她的想法,'我看她肯嫁给他的。'

"在我们内地,由于闲得无聊的缘故,什么事没做出来过,多少不必要的蠢事啊!这是因为必要的事大家却根本不做。是啊,比方说,这个别里科夫,既然大

契诃夫小说选集

家甚至不能想象他是一个可以结婚的人,那我们何必忽然要给他撮合婚事呢?校长太太啦,学监太太啦,我们中学里的所有太太们,都活跃起来,甚至变得好看多了,仿佛忽然发现了生活目标似的。校长太太在剧院里订下一个包厢,我们一看,原来瓦连卡坐在她的包厢里面,扇着扇子,满脸放光,高高兴兴。她旁边坐着别里科夫,身材矮小、背脊拱起,看上去好像刚用一把钳子把他从家里夹来的一样。我在家里办小晚会,太太们就要求我一定邀请别里科夫和瓦连卡。总之,机器开动了。看来瓦连卡也并不反对出嫁。她在她弟弟那儿生活得不大快活,他们只会成天价吵啊骂的。比方说,有过这样一个场面:科瓦连科顺了大街大踏步走着,他是又高又壮的大汉,穿一件绣花衬衫,一绺头发从帽子底下钻出来耷拉在他的额头上,一只手拿着一捆书,另一只手拿着一根有节疤的粗手杖。他身后跟着他姐姐,也拿着书。

邻居集

"'可是你啊,米哈伊里克①,这本书绝没看过!'她大声争辩说,'我告诉你,我敢赌咒:你压根儿没看过!'

"'我跟你说我看过嘛!'科瓦连科大叫一声,把手杖在人行道上顿得直响。

"'唉,我的上帝,米哈伊里克!你为什么发脾气?要知道,我们谈的是原则问题啊。'

"'我跟你说我看过嘛!'科瓦连科嚷道,声音更响了。

"在家里,要是有外人在座,他们也一个劲儿地争吵。这样的生活多半使她厌烦,盼望着有自己的小窝了。况且,也该想到她的年纪,现在已经没有工夫来挑啊拣的,跟什么人结婚都行,即使是希腊语教师也将就了。附带还要说一句:我们的小姐们大多数都不管跟谁结婚,只要能嫁出去就算。不管怎样吧,瓦连卡对我

---

① 米哈伊尔的爱称。

们的别里科夫开始表示明显的好感了。

"别里科夫呢？他也常去拜望科瓦连科了，就跟他常来拜望我们一样。他去了就坐下，一声不响。他沉默着，瓦连卡就对他唱《风在吹》，或者用她那双黑眼睛沉思地瞧着他，再不就忽然扬声大笑：

"'哈哈哈！'

"在恋爱方面，特别是在婚姻方面，外人的怂恿总会起很大作用。所有的人，他的同事们和太太们，开始向别里科夫游说：他应当结婚了，他的生活没有别的缺憾，只差结婚了。我们大家向他道喜，做出一本正经的脸色说了各种俗套，例如，'婚姻是终身大事'等等。况且，瓦连卡长得不坏，招人喜欢，她是五等文官的女儿，有田庄，尤其要紧的是，她是第一个待他诚恳而亲热的女人。于是他昏了头，决定真该结婚了。"

"哦，到了这一步，就应该拿掉他的套鞋和雨伞了。"伊万·伊万内奇说。

"您只要一想就明白：这是办不到的。他把瓦连卡的照片放在自己桌子上，不断地来找我，谈瓦连卡，谈家庭生活，谈婚姻是终身大事，常到科瓦连科家去，可是他一点也没改变生活方式。甚至刚好相反，结婚的决定对他起了像害病一样的影响。他变得更瘦更白，好像越发深地缩进他的套子里去了。

"'瓦尔瓦拉①·萨维希娜我是喜欢的，'他对我说，露出淡淡的苦笑，'我也知道人人都必须结婚，可是……您知道，这件事发生得这么奇突……总得细细想一想才成。'

"'有什么可想的？'我对他说，'一结婚，就万事大吉了。'

"'不成，婚姻是终身大事，人先得估量一下将来的义务和责任……免得日后闹出什么乱子。这件事弄得我六神不安，现在我通宵睡不着觉。老实说，我害怕：她和她弟弟有一种古怪的思想方法。您知道，他们

---

① 这名字的爱称即上文的瓦连卡。

议论起事情来有点古怪。她的性情又很活泼。结婚倒不要紧,说不定就要惹出麻烦来了。'

"于是他没求婚,一个劲儿地拖延,弄得校长太太和我们所有的太太都烦恼极了。他时时刻刻在估量将来的义务和责任,同时他又差不多天天跟瓦连卡出去散步,也许他认为这是在他这种情形下照理该做的事吧。他常来看我,为的是谈家庭生活。要不是因为忽然闹出一场 Kolossalische Scandal①,他临了多半会求婚,因而促成一桩不必要的、愚蠢的婚事。在我们这儿,由于闲得无聊,没事情做,照那样结了婚的,正有成千上万的先例呢。

"应该说明一下:瓦连卡的弟弟科瓦连科从认识别里科夫的第一天起,就痛恨他,受不了他。

"'我不懂,'他常对我们说,耸一耸肩膀,'我不懂你们怎么能够跟这个告密的家伙,那副叫人恶心的嘴

---

① 德语:大笑话。

脸处得下去。唉！诸位先生,你们怎么能在这儿生活下去啊！你们这儿的空气闷死人,糟透了！难道你们能算是导师,教师吗？你们是官僚,你们这儿不是学府,而是城市警察局,而且有警察岗亭里那股酸臭气味。不行,诸位老兄,我在你们这儿再住一阵,就要回到我的田庄上去,在那儿捉捉虾,教教乌克兰的小孩子念书了。我是要走的,你们呢,尽可以跟你们的犹大留在这儿,叫他遭了瘟才好！'

"要不然他就哈哈大笑,笑得流出眼泪来,时而用男低音,时而用非常尖细的嗓音,摊开双手,问我:

"'他干吗上我这儿来坐着？他要干什么？他一直坐在那儿发呆。'

"他甚至给别里科夫起了一个外号叫'蜘蛛'。当然,关于他姐姐瓦连卡打算跟'蜘蛛'结婚的事,我们对他绝口不谈。有一回校长太太向他暗示说,要是他姐姐跟别里科夫这么一个稳重的、为大家所尊敬的人结婚,那倒是一件好事。他就皱起眉头,嘟哝道:

"'这不关我的事;哪怕她跟毒蛇结婚也由她。我不喜欢干涉别人的事。'

"现在,您听一听后来发生的事吧。有个促狭鬼画了一张漫画,画着别里科夫打着雨伞,穿着套鞋,卷起裤腿,正在走路,臂弯里挽着瓦连卡,下面缀着题名:'恋爱中的 anthropos'。您要知道,那神态画得像极了。那位画家一定画了不止一夜,因为男子中学和女子中学里的教师们、宗教学校的教师们、衙门里的官儿,每人都接到一份。别里科夫也接到一份。这幅漫画给他留下极其难堪的印象。

"我们一块儿从房子里走出去,那天正好是五月一日,星期日,我们全体教师和学生事先约定在学校里会齐,然后一块儿步行到城郊的一个小树林里郊游。我们动身了,他脸色发青,比乌云还要阴沉。

"'天下有多么歹毒的坏人!'他说,他的嘴唇发抖了。

"我甚至可怜他了。我们走啊走的,忽然间,您猜怎么着,科瓦连科骑着自行车来了,在他身后,瓦连卡也骑着自行车,涨红了脸,筋疲力尽,可是快活,兴高采烈。

"'我们先走一步!'她嚷道,'天气多么好啊!多么好,简直好得要命!'

"他们俩走远,不见了。我的别里科夫的脸色从发青变成发白,好像呆住了。他站住,瞧着我……

"'请问,这是怎么回事?'他问,'或者,也许我的眼睛骗了我吗?难道中学教师和女人骑自行车还成体统吗?'

"'这有什么不成体统的?'我说,'让他们尽管骑自行车,快快活活玩一阵好了。'

"'可是这怎么行?'他叫起来,看见我平心静气,感到惊讶,'您在说什么呀?!'

"他大为震动,不愿意再往前走,回家去了。

"第二天他老是心不定地搓手,打哆嗦,从他的脸色看得出他身体不舒服,还没到放学的时候,他就走了,这还是他生平第一回呢。他没吃午饭。虽然门外已经完全是夏天天气,可是将近傍晚,他却穿得暖暖和和的,慢腾腾地走到科瓦连科家里去了。瓦连卡不在家,他只碰到她弟弟在家。

"'请坐吧。'科瓦连科冷冷地说,皱起眉头:他的脸上带着睡意,饭后他打了个盹儿,刚刚醒来,心绪很坏。

"别里科夫沉默地坐了十分钟光景,然后开口了:

"'我上您这儿来,是为了减轻我心里的负担。我心里沉重得很,沉重得很。有个不怀好意的家伙画了一张漫画,把我和另一个跟您和我都有密切关系的人画成可笑的样子。我认为我有责任向您保证我跟这事没一点关系……我没有做出什么事来该得到这样的讥诮,刚好相反,我的举动素来在各方面都称得起是正人君子。'

"科瓦连科坐在那儿生闷气,一句话也不说。别里科夫等了一会儿,然后压低喉咙,用悲凉的声调接

着说:

"'另外我还有件事情要跟您谈一谈。我已经教书多年了,您最近才开始工作。我是一个比您年纪大的同事,认为有责任给您进一个忠告。您骑自行车,这种消遣对青年的教育工作者来说是完全不成体统的。'

"'怎么见得?'科瓦连科用男低音问。

"'难道这还用解释吗,米哈伊尔·萨维奇,难道这不是理所当然吗?如果教师骑自行车,那还能希望学生做出什么好事来?他们所能做的就只有头朝下,拿大顶走路了!既然政府还没有发出通告,允许做这种事,那就做不得。昨天我吓了一大跳!我一看见您的姐姐,眼前就变得一片漆黑。一个女人或者一个姑娘骑自行车,这太可怕了!'

"'说实在的,您到底要怎么样?'

"'我所要做的只有一件事,就是忠告您,米哈伊尔·萨维奇。您是青年人,您前途远大,您的举动得十分十分小心才成,您却这么马马虎虎,唉,多么马马虎虎!您穿着绣花衬衫出门,经常拿着些书在大街上走来走去,现在呢,又骑什么自行车。校长会听说您和您姐姐骑自行车的,然后,这事又会传到督学的耳朵里……这还会有好下场吗?'

"'讲到我姐姐和我骑自行车,这不干别人的事!'科瓦连科说,涨红了脸,'谁要来管我的家事和私事,我就叫谁滚他的蛋!'

"别里科夫脸色苍白,站起来。

"'要是您用这种口吻跟我讲话,那我就不能再讲下去了,'他说,'我请求您在我面前谈到上司的时候永远不要这样说话。您对当局应当尊敬才对。'

"'难道我说了当局什么坏话吗?'科瓦连科问,生气地瞧着他,'请您躲开我。我是正直的人,不愿意跟您这样的先生讲话。我不喜欢告密的人。'

"别里科夫心慌意乱,匆匆忙忙地穿大衣,脸上带着恐怖的神情。要知道这还是他生平第一回听到这么不客气的话。

"'随您怎么说,都由您,'他一面走出前堂,到楼梯口去,一面说,'只是我得跟您预先声明一下:说不定有人偷听了我们的话;为了避免我们的谈话被人家误解,避免闹出什么乱子起见,我得把我们的谈话内容报告校长先生……把大意说明一下。我不能不这样做。'

"'报告?去,报告去吧!'

"科瓦连科在他后面一把抓住他的衣领,使劲一推,别里科夫就滚下楼去,他的套鞋乒乒乓乓地响。楼梯又高又陡,不过他滚到楼下却安然无恙,站起来,摸了摸鼻子,看他的眼镜碎了没有。可是,他滚下楼的时候,偏巧瓦连卡回来了,还带着两位太太。她们站在楼下,呆呆地瞧着,这在别里科夫却比任什么事情都可怕。看样子,他情愿摔断脖子和两条腿,也不愿意成为取笑的对象:是啊,这样一来,全城的人都会听说这件事,还会传到校长耳朵里,传到督学耳朵里去。哎呀,千万别闹出什么乱子来啊!人家又会画一张漫画,到头来就会弄得他奉命辞职吧……

"等到他站起来,瓦连卡才认出是他。她瞧着他那滑稽的脸相、他那揉皱的大衣、他那套鞋,不明白是怎么回事,以为他是自己不小心摔下来的,就忍不住扬声大笑,响得整个房子都可以听见:

"'哈哈哈!'

"这一串响亮而清脆的'哈哈哈'就此结束了一切:结束了婚事,结束了别里科夫的人间生活。他没听见瓦连卡说了些什么话,他什么也没看见。一到家,他第一件事就是从桌子上撤去瓦连卡的照片,然后他躺下,从此再也没有起床。

"大约三天以后,阿法纳西来找我,问我要不要派人去请医生,因为据他说,他的主人不大对头。我走到别里科夫的屋里去。他躺在帐子里,盖着被子,一声不响:不管问他什么话,他总是回答一声'是'或者'不',此外就闷声不响了。他躺在那儿,阿法纳西呢,满脸愁容,皱着眉头,在他旁边走来走去,深深地叹气,可是像酒馆一样冒出白酒的气味。

"过了一个月,别里科夫死了。我们都去送葬,那就是说,两个中学校和宗教学校的人都去了。这时候他躺在棺材里,神情温和、愉快,甚至高兴,仿佛暗自庆幸终于装进一个套子里,从此再也不必出来了似的。是啊,他的理想实现了!老天爷也仿佛在对他表示敬意,他出殡的时候天色阴沉,下着雨。我们大家都穿着套鞋,打着雨伞。瓦连卡也去送葬,等到棺材下了墓穴,她哭了一阵。我发现乌克兰的女人总是不笑就哭,对她们来说不哭不笑的心情是没有的。

"老实说,埋葬别里科夫那样的人是一件大快人心的事。我们从墓园回来的时候,露出忧郁谦虚的脸相,谁也不肯露出快活的感情,像那样的感情,我们很久很久以前做小孩子的时候,遇到大人不在家,我们到花园里去跑一两个钟头,享受充分自由的时候,都经历过。啊,自由啊,自由!只要有一点点自由的影子,只要有可以享受自由的一线希望,人的灵魂就会长出翅膀来。难道不是这样吗?

"我们从墓园回来,心绪极好。可是一个星期还没过完,生活又过得跟先前一样,跟先前一样的严峻、无聊、杂乱了,这样的生活固然没有奉到明令禁止,不过也没有得到充分的许可啊。局面并没有变得好一点。确实,我们埋葬了别里科夫,可是另外还有多少这种套中人活着,将来也还不知道会有多少呢!"

"问题就在这儿。"伊万·伊万内奇说,点上了他的烟斗。

"那样的人,将来不知道还会有多少!"布尔金又说一遍。

这个中学教师从堆房里走出来。他是一个矮胖的男子,头顶全秃了,留着一把黑胡子,差不多齐到腰上。有两条狗跟他一块儿走出来。

"多好的月色,多好的月色!"他抬头看,说道。

这时候已经是午夜了。向右边瞧,可以看见整个村子,一条长街远远地伸出去,大约有五俄里长。一切都浸在深沉而静寂的睡乡里,没有一点动静,没有一点声音,人甚至不能相信大自然能够这么静。人在月夜看着宽阔的村街和村里的茅屋、干草垛、睡熟的杨柳,心里就会变得恬静。这时候村子给夜色包得严严紧紧,躲开了劳动、烦恼、忧愁,安心休息,显得那么温和、哀伤、美丽,看上去仿佛星星在亲切而动情地瞧着它,大地上不再有坏人坏事,一切都挺好似的。左边,村子到了尽头,便是田野。可以看见田野远远地一直伸展到天边。在这一大片浸透月光的旷野上也是没有动静,没有声音。

"问题就在这儿了,"伊万·伊万内奇又说一遍,"我们住在城里,空气污浊,十分拥挤,写些无聊的文章,玩'文特',这一切岂不就是套子吗?至于在懒汉、爱打官司的人、无所事事的蠢女人中间消磨我们的一生、自己说而且听人家说各式各样的废话,这岂不也是套子吗?嗯,要是您乐意,那我就给您讲一个很有教益的故事。"

"不,现在也该睡了,"布尔金说,"留到明天再讲吧。"

他俩走进堆房,在干草上睡下来。他俩盖好被子,刚要昏昏睡去,忽然听见轻轻的脚步声:吧嗒,吧嗒……有人在离堆房不远的地方走着,走了一会儿站住了,过一分钟又是吧嗒,吧嗒……狗汪汪地叫起来。

"这是玛芙拉在走来走去。"布尔金说。

脚步声渐渐听不见了。

"你看着人们做假,听着人们说假话,"伊万·伊万内奇翻了个身说,"人们却因为你容忍他们的虚伪而骂你傻瓜。你忍受侮辱和委屈,不敢公开说你跟正直和自由的人站在一边,你自己也做假,还微微地笑,你这样做无非是为了混一口饭吃,得到一个温暖的角落,做个一钱不值的小官儿罢了。不成,不能再照这样生活下去了!"

"算了吧,您扯到别的题目上去了,伊万·伊万内奇,"教师说,"睡吧!"

过了大约十分钟,布尔金睡着了。可是伊万·伊万内奇不住地翻身,叹气,后来他起来,又走出去,坐在门边,点上烟斗。

普里希别耶夫军士

"普里希别耶夫军士!您被控在今年九月三日用言语和行动侮辱本县警察日金、乡长阿利亚波夫、乡村警察叶菲莫夫、见证人伊万诺夫和加夫里洛夫,以及另外六个农民,而且前三个人是在执行公务的时候受到您的侮辱。您承认犯了这些罪吗?"

普里希别耶夫是个满脸皱纹的军士,生着一张好像有刺的脸。这时候他垂下两条胳膊,两只手贴着裤缝,用闷声闷气的沙哑嗓音答话,咬清每个字的字音,仿佛在下命令似的:

邻居集

"老爷，调解法官先生！当然，根据法律的一切条款，法庭有理由让双方陈述当时的各种情况。有罪的不是我，而是另外那些人。这件事全是由一具死尸惹出来的，祝他的灵魂升天堂！三号那天我跟我妻子安菲莎正在心平气和、规规矩矩地走路，可是抬头一看，却瞧见河岸上站着一大群各式各样的人。我要请问：老百姓有什么充分的权利聚在一起？这是什么缘故？难道法律上写着人可以成群结伙吗？我喊道：'散开！'我就动手推那些人，叫他们散开，各回各的家，我还吩咐乡村警察揪着他们的脖子把他们赶走……"

"容我插一句嘴，您根本就不是县里的警察，也不是村长，难道赶散人群是您的事？"

"他管不着！他管不着！"从审讯室的各个角落里响起人们的说话声，"他闹得人没法活了，老爷！我们受他的气有十五年了！自从他离开军队回家以后，大家就恨不得逃出村子去才好。他骑在大家的脖子上！"

"正是这样,老爷!"作证的村长说,"我们整个村子都在抱怨。说什么也没法跟他一块儿生活下去了!不管我们抬着圣像游行也罢,办喜事也罢,或者,比方说,出了什么岔子,他处处都管,嚷啊叫的,吵吵闹闹,老是要人家守规矩。他拧小伙子的耳朵,暗地里监视娘儿们,生怕出什么事,好像他是她们的公公似的……前几天他跑遍全村各户人家,吩咐大家不许唱歌,不许点灯。他说,根本就没有一条法律准许唱歌。"

"请您等一下,回头您还有机会发言,"调解法官说,"现在先让普里希别耶夫继续讲下去。您接着说,普里希别耶夫!"

"是,先生!"军士声音沙哑地说,"您,老爷,多承指教,说赶散人群不是我的事……好……可要是乱了套呢?难道可以容许老百姓胡闹吗?法律上有哪一条写着老百姓可以由着性儿干?我不能容许,先生。要是我不把他们赶走,不管他们,还有谁来管?谁都不懂什么叫做真正的规矩,全村子,老爷,可以说,只有我一

邻　居　集

个人才懂得该怎么对付那些老百姓,老爷,我什么都懂。我不是庄稼汉,我是军士,是退役的军需中士,在华沙的司令部里当过差,这以后,不瞒您说,我堂堂正正退了伍,进了消防队,后来因为身体不好,我又离开消防队,在一个古典男子初级中学当过两年看门人……所有的规矩我都懂,先生。可是庄稼汉是普通人,什么也不懂,应当听我的话,因为我是为他们好。比方就拿这件事来说吧……我赶散人群,可是在河边沙地上却躺着一具从水里打捞上来的尸首。我要请问,他有什么理由躺在那儿?难道这合乎规矩?本县的警察是管什么的?我就说:'你,本县的警察,为什么不报告长官?也许这个淹死的人是投河自尽的,可也许这件事里头有西伯利亚的味道呢①。说不定这是犯刑事罪的杀人案……'可是县里的警察日金满不在乎,只顾抽他的烟。他说:'这个人是谁,在这儿指指

---

① 意谓"这可能是凶杀案";在帝俄时代,杀人犯要流放到西伯利亚去做苦工。

点点的？他是打哪儿来的？'他说，"难道缺了他，我们就不会办事？'我就说：'既然你站在那儿，满不在乎，可见你这个傻瓜就是什么也不懂。'他说：'昨天我就已经报告县警察分局的局长了。'我就问：'干什么报告县警察分局的局长？这是根据法典里哪一条？像淹死啦、吊死啦，和这一类别的案子，难道能由县警察分局的局长办？'我说，'这是刑事案子，民事诉讼嘛……'我说，'眼下得赶紧派专人呈报侦讯官先生和法官先生。'我说，'你首先就得打个报告，送到调解法官先生那儿去。'可是他，县里的警察，一直听着笑。那些庄稼汉也这样。大伙儿都笑，老爷。我敢为我的供词发誓。这个人就笑过，那一个也笑过，日金也笑过。我说：'你们干吗龇着牙笑？'不料县里的警察说：'这样的案子不归调解法官管。'我一听这话，简直火冒三丈。警察，你不是说过这话吗？"军士转过脸对县里的警察日金说。

"说过。"

邻居集

"大家都听见你当着所有老百姓的面说出这种话来:'这样的案子不归调解法官管。'大家都听见你说过这种话……我,老爷,顿时火冒三丈,甚至都吓坏了。我就说:'你再说一遍,混蛋,你把你说过的话再说一遍!'他就把那句话又说一遍……我走到他跟前。我说:'你怎么能这么说调解法官先生?你是警察局的警察,居然要反对官府?啊?'我说:'你知道吗?要是调解法官先生高兴的话,他们就能因为你说过这话而认定你行为不端,把你送到省里的宪兵队去。'我说:'你知道调解法官先生们会因为你说出这种有政治色彩的话而把你发配到哪儿去?'可是乡长说话了:'调解法官根本就不能管他职权以外的事。只有小案子才归他审。'他就是这么说的,大家都听见了……我就说:'你怎么敢藐视官府?'我说:'喂,你不要跟我开玩笑,要不然,老兄,事情可就要不妙。'当初我在华沙,或者在古典男子初级中学当看门人的时候,一听见有什么不成体统的话,就往街上瞧,看有宪兵没有。'老总,'我说,'你到这儿来。'我就把事情原原本本地报告他。可是在这村子里,你去跟谁说呢?……我心里的火就上来了。我看见如今的人又放肆又犯上,心里就有气,我就抡起胳膊来给了他一下子……不过,当然,不是打得很使劲,而是正正经经而又轻轻地随手给了一下,让他不敢再用那样的话说老爷……县里的警察却给乡长撑腰……于是我也打县里的警察……这一下子就乱打起来了……我是一时性起,老爷,嗯,不过话说回来,不打人也不行。如果你见了蠢人不打,你的灵魂就背上了罪过。何况这是为了正事……出了乱子……"

"容我插一句嘴!出了乱子自有人管。县里的警察、村长、村里的警察就管这种事……"

"县里的警察不能样样事都管到,而且警察又不如我这么明白事理……"

"可是您要明白,这不关您的事!"

"什么,先生?这怎么会不关我的事?奇怪,先生……人家胡闹,却不关我的事!那该怎么样,要我称赞他们还是怎么的?喏,他们对您抱怨,说我不准唱歌……可是唱歌有什么好处?放着正事不干,他们却唱歌……还有,他们养成风气,晚上点起灯坐着。应该躺下睡觉才对,可是他们又说又笑。我已经记下来了!"

"您记下了什么?"

"记下谁点起灯坐着。"

普里希别耶夫从衣袋里取出一张油污的纸片,戴起眼镜,念道:

"'点了灯闲坐着的农民计有伊万·普罗霍罗夫、萨瓦·米基佛罗夫、彼得·彼得罗夫。大兵的寡妇舒斯特罗娃同谢苗·基斯洛夫私妍。伊格纳特·斯韦尔乔克行巫术,他的妻子玛夫拉是巫婆,每到夜间就去挤别人家奶牛的奶。'"

"够了!"法官说,然后开始审问证人。

普里希别耶夫军士把眼镜推到额头上,惊讶地瞧着调解法官,那个法官分明不是站在他这一边。他那对暴眼睛发亮,鼻子变得通红。他看了看调解法官,看了看证人,无论如何也不明白何以调解法官那么激动,何以从审讯室的各个角落里时而响起抱怨声,时而响起抑制的笑声。法官的判决他也不理解:坐一个月的牢!

"这是什么缘故?!"他说,大惑不解地摊开两只手,"根据哪一条法律?"

他这才明白过来:这个世界已经变了,在这个世界上无论如何也没法活下去了。他脑子里满是阴郁沮丧的思想。然而临到他从审讯室里走出去,看见农民们在那儿互相拥挤和谈话,他却拗不过老习惯,把两只手贴在裤缝上,用沙哑的气愤声调嚷道:

"老百姓,散开! 不许成群结伙! 回家去!"

邻　居

彼得·米海雷奇·伊瓦欣心绪恶劣极了。他妹妹是个姑娘家,却搬到一个已婚的男子符拉西奇家里去住了。为了设法摆脱不论在家里还是在野外老是不肯离开他的那种沉郁沮丧的心境,他就向他的正义感,向他的纯正美好的信念求援:他可是素来拥护自由恋爱的啊! 然而这都无济于事。他每次总是违背自己的意志,得出和愚蠢的奶妈同样的结论,那就是,他妹妹行为不端,符拉西奇把他的妹妹拐走了。这真是愁煞人。

他母亲整天都没走出她的房间。奶妈小声说话,长吁短叹;他的姑妈每天都准备动身,时而把她的皮箱搬到门厅去,时而又搬回她的房间。家里、院子里、花园里,都静悄悄的,仿佛这所房子里死了人似的。他的姑妈、仆人们,甚至那些农民,依彼得·米海雷奇看来,都像是带着捉摸不透的困惑神情瞧着他,仿佛想说:"人家勾引你的妹妹,你怎么没有动静呢?"他责备自己无所作为,可是他也不知道究竟应该采取什么样的行动才是。

照这样过了大约六天。到第七天,那是星期日吃过午饭以后,一个骑马的人送来一封信。信封上的字是他所熟悉的女人的笔迹写的:"安娜·尼古拉耶芙娜·伊瓦欣娜夫人收。"不知什么缘故,彼得·米海雷奇觉得这个信封、这种笔迹、"夫人"这两个字,都有一种挑衅的、逞强的、自由主义的意味。而女人的自由主义总是顽强、不退让、残忍无情的。……

"她宁可死,也不肯对她不幸的母亲让步,向她赔罪。"彼得·米海雷奇一面想,一面拿着那封信向他母亲的房间走去。

他母亲和衣躺在床上。她看见儿子,就猛地坐起来,理一下从包发帽里滑下来的白头发,很快地问道:

"什么事?什么事?"

"写信来了……"儿子说,把信交给她。

在这所房子里,"齐娜"这个名字,以至"她"这个字,都没有人提起。碰到说起齐娜的时候,总是不提名道姓,只说"写信来了"或者"走了"。……母亲认出女儿的笔迹,她的脸色变得难看,不愉快,她的白头发又从包发帽里滑下来了。

"不!"她说,摆一下手,好像那封信烫了她的手指头似的,"不,不,拿走!我说什么也不看!"

母亲放声大哭,又是伤心又是羞愧。她显然想看这封信,可是她的自尊心不容许她这样做。彼得·米海雷奇明白他自己应当拆开这封信,大声读一遍;然而他心里忽然生出一股以前从没体验过的怒火,他跑到院子里,对骑马的人嚷道:

"你回去说,没有回信!没有回信!你就这么说,畜生!"

他把那封信撕碎,然后眼泪涌上他的眼眶。他觉得自己残忍、有罪、不幸,就走到野外去了。

他只有二十七岁,可是已经发胖,按老年人的装束,衣服肥大,而且害上了气喘病。他身上已经有年老的独身地主的种种气质。他不谈恋爱,不想结婚,只爱他的母亲、妹妹、奶妈、花匠瓦西里奇。他喜欢吃好菜、睡午觉、谈政治、谈高尚的问题。……他早已大学毕业,不过现在他却把这件事看得像是服满了青年在十八岁到二十五岁之间不得不服的兵役似的;至少,如今每天在他脑子里活动的思想已经跟大学以及他学过的那些科学毫不相干了。

旷野上炎热而安静,下雨以前总是这样。树林里蒸发着热气,松树和腐烂的叶子冒出一股浓重的气味。彼得·米海雷奇时不时地站住,擦一下湿漉漉的额头。他查看他的秋播作物和春播作物,绕过三叶草地,有两次在树林边上赶走一只山鹑和它那些雏鸟。他一直在思忖:这种不堪忍受的局面不能永久拖下去,总得好歹把它了结才成。了结得愚蠢也罢,荒唐也罢,反正非了结不可了。

"可是该怎么了结呢?怎么着手呢?"他问自己,用恳求的眼光望望天空,再望望树木,仿佛央求它们来帮忙似的。

可是天空和树木沉默不语。纯正的信念帮不上他的忙;而常识告诉他,这个恼人的问题除了愚蠢的办法以外不可能有其他的解决办法,今天对待骑马的人的那个场面绝不是这类场面的最后一次。以后还会发生什么事,想一想都可怕!

当他回家的时候,太阳已经快落山了。这时候他才觉得这个问题无论怎样也没法解决。跟既成事实妥协是不行的,不妥协也不行,而中间的道路却没有。他脱下帽子,用手绢扇着脸,顺着大路走,离家大约还有两俄里路,身后响起了铃铛声。那是配合得很精巧、很成功的一串大大小小的铃铛,发出玻璃样的丁零丁零声。马车上装这种铃铛的,只有本县警察局长美多夫斯基一个人。他从前做过骠骑兵的军官,荡尽家财,身体虚弱,是彼得·米海雷奇的一个远亲。伊瓦欣家把他当作自己人,他对齐娜怀着父辈的温柔感情,很喜爱她。

"我正好要到您家去,"他追上彼得·米海雷奇,说,"您坐上车来吧,我带您走一程。"

他微微地笑,样子很快活。显然,他还不知道齐娜跑到符拉西奇家里去了。很可能他已经听到这个消息,可是不相信。彼得·米海雷奇觉得自己处境尴尬。

"欢迎您来。"他支吾道,脸红得快要流泪了,不知道该说什么谎话,也不知道该怎么说才好。"我很高兴,"他接着说,极力做出笑脸,"不过……齐娜走了,我母亲病了。"

"真遗憾!"警察局长说,呆呆地瞧着彼得·米海雷奇出神,"我本来打算在您家里消磨一个傍晚呢。

可是齐娜伊达①·米海洛芙娜到哪儿去了?"

"到西尼茨基那儿去了,从那儿好像要到修道院去。我不十分清楚。"

警察局长又谈了一阵,就拨转马头回去了。彼得·米海雷奇走回家,战战兢兢地思忖着警察局长知道真情以后,会有什么样的心情。彼得·米海雷奇想象着这种心情,体会着这种心情,同时走进了正房。

"帮助我们吧,主啊,帮助我们吧……"他想。

临到喝晚茶,饭厅里只坐着他姑妈一个人,她的脸上照例表现出这样一种神情:她虽然弱小,无依无靠,可是绝不允许任何人侮辱她。彼得·米海雷奇在桌子的另一头坐下(他不喜欢他的姑妈),开始默默地喝茶。

"你母亲今天又没吃午饭,"他的姑妈说,"你,彼得鲁希卡②,应该过问一下。挨饿光是苦了自己。这

---

① 上文的齐娜和下文的齐诺琪卡均为齐娜伊达的爱称。
② 彼得鲁希卡和下文的彼得鲁沙都是彼得的爱称。

可解不了愁啊。"

彼得·米海雷奇觉得荒唐可笑,因为他姑妈居然出头管别人的事,而且她看到齐娜走了,自己也要走。他本想说几句话顶撞她,可是忍住了。他一面按捺自己,一面感到如今已经到了非采取行动不可的时候,他再也没有力量忍耐下去了。要么马上采取行动,要么就往地上一扑,大嚷大叫,用脑袋撞地板。他想象符拉西奇和齐娜,这两个心满意足的自由思想者,目前正在不知什么地方一棵槭树底下亲嘴,于是这七天当中郁积在他心头的愤恨和怨毒就一齐落到了符拉西奇身上。

"一个人来勾引我的妹妹,把她拐走了,"他想,"另外就会有人来杀死我母亲,还会有人来放火烧房子,或者把这所房子抢劫一空。……所有这些都是打着个人的友谊、高尚的思想、不惜受苦的旗号干出来的!"

"不,这不行!"彼得·米海雷奇忽然大叫一声,一拳头砸在桌子上。

他跳起来,跑出饭厅。马厩里站着总管的一匹马,已经备好鞍子。他骑上去,疾驰到符拉西奇家去了。

他的灵魂里掀起了十足的风暴。他感到有必要做一件泼辣的、非同小可的事,哪怕事后懊悔一辈子也在所不惜。要不要索性骂符拉西奇一声坏蛋,打他一个耳光,然后挑战,跟他决斗?然而符拉西奇绝不是那种敢于站出来决斗的人,至于骂他坏蛋,打他耳光,他只会变得更加可怜,更加畏畏缩缩。这班不会反抗的可怜虫都是些最讨厌、最难缠的人。不管他们干出什么事来,都可以不受惩罚。这种可怜虫每逢受到罪有应得的责难,总是抬起深深地负疚的眼睛,露出一脸的苦笑,温顺地低下头去作为回答;看到这光景,就连正义本身都不忍心举起手来惩罚他了。

"那也不管。我要当着她的面用马鞭子抽他,对他狠狠地骂一顿。"彼得·米海雷奇决定。

他骑着马穿过他的树林和荒地,想象着齐娜为了替自己的行为辩护会讲到妇女的权利,讲到个人的自由,讲到在教堂里按规定的仪式结婚和自由结合之间并没有什么区别。她会像一般女人那样争论她不理解的事。临了,她多半会问:"这件事跟你有什么相干?你有什么权力管这件事?"

"是的,我没有权利,"彼得·米海雷奇嘟哝说,"不过这就更好。……越是粗暴,越是没有权利,那倒越好。"

天气闷热。下边,靠近地面,有一群群云雾般的蚊子低飞,凤头麦鸡在荒地上发出凄凉的悲鸣声。一切都预告天要下雨,可是天上一点云也没有。彼得·米海雷奇越过他的田界,在光滑平坦的旷野上奔驰。他常骑马走这条路,熟悉这条路上的每丛灌木和每块洼地。眼前,在暮色中,远远看去像一道黑色峭壁的东西,其实是一座红色教堂。他能完全想象它的模样,连一个细节也不漏,甚至想象大门上的灰泥,想象老是到围墙里面去吃草的牛犊。在教堂右边一俄里远的地方有个黑乎乎的小树林,那是柯尔托维奇伯爵的树林。树林后面就是符拉西奇的土地。

从教堂和伯爵的树林后面,有一大块乌云拢过来,乌云里不时现出苍白色的闪电。

"果然要下雨了!"彼得·米海雷奇暗想,"保佑我,主啊,保佑我。"

马跑得太快,不久就乏了,彼得·米海雷奇本人也累了。带来风暴的乌云愤愤地瞧着他,仿佛劝他回家去。他有点心惊胆战了。

"我要对他们证明他们做得不对!"他鼓励自己,"他们会说这是自由恋爱,这是个人自由。可是自由就是克制,不是听凭情欲摆布。他们这么干,是放荡,不是自由!"

这时候,他来到伯爵的大池塘边上。由于天空有乌云,池水变成了深蓝色,阴森森的,池子里冒出一股潮气和绿苔的气味。小径旁边有两棵柳树,一棵老的和一棵小的,彼此温柔地依偎着。大约两个星期以前,就是在这个地方,彼得·米海雷奇和符拉西奇一块儿溜达过,低声唱过一首大学生的歌:"要是没有爱情,青春虚度,就等于断送年轻的生命。……"无聊的歌!

等到彼得·米海雷奇走出小树林,天上已经响起隆隆的雷声,树木发出飒飒声,给风刮得弯下腰去。应当快点走才对。从这片小树林到符拉西奇的庄园,只要穿过一个草场,至多走一俄里路。这儿,道路两旁立着些老桦树。它们,如同它们的主人符拉西奇一样,显得忧伤而可怜,也跟他一样消瘦而细长。大颗的雨点打得桦树和青草沙沙地响。风顿时停了,空中有潮湿的土地和杨树的气味。前边出现了符拉西奇的篱笆以及一棵也是又瘦又高的黄色金合欢。在栅栏坍塌的地方可以看见一个荒芜的果园。

彼得·米海雷奇不再想耳光,也不再想鞭子,他不知道他到了符拉西奇家里会有什么举动。他心虚了。他为自己,也为他妹妹害怕,想到他马上会跟她见面不由得战战兢兢。她会怎样对待她哥哥呢?他们两个人会说出些什么话来呢？要不要趁时机还不算迟,赶紧往回走？他一面这样想,一面策动马匹走上菩提树林荫道,往正房跑去。他绕过很大的丁香花丛,突然看见了符拉西奇。

符拉西奇没戴帽子,穿着花布衬衫和长筒皮靴,在大雨下弓着身子,从房角往门廊走去。他身后跟着一个工人,拿着锤子和钉子盒。大概他们刚修完一块给风刮坏的护窗板吧。符拉西奇看见彼得·米海雷奇,就站住了。

"是你?"他说,微微一笑,"啊,这真好。"

"是啊,你瞧,我来了……"彼得·米海雷奇轻声说着,两只手拂掉身上的雨。

"哦,这真好。很高兴。"符拉西奇说,可是没有伸出手来,显然他不敢先伸手而等着对方伸手。"这场雨对燕麦很好!"他说,看一下天空。

"是的。"

他们沉默地走进房子。从门厅往右走,穿过一道门,走进另一个前厅,然后走进大厅,再往左是一个小房间,总管在冬天就住在那儿。彼得·米海雷奇和符拉西奇走进这个房间。

"你是在什么地方遇上雨的?"符拉西奇问。

"不远。差不多就在这所房子附近。"

彼得·米海雷奇在床上坐下。他暗自高兴,因为雨声很响,房间里又黑。这样好一点,不那么可怕,也不必瞧着对方的脸了。他的怨恨已经过去,只剩下恐惧和对自己的气恼。他觉得自己一开头就做得不对头,觉得他这次跑来不会有什么结果。

这两个人沉默一会儿,装出听雨声的样子。

"谢谢你,彼得鲁沙,"符拉西奇嗽一下喉咙,开口说,"你来了,我很感激。这足见你宽宏大量,品格高尚。我明白这一点。请你相信我,我对这一点看得很重。请你相信我。"

他看一眼窗外,在房间里站定,接着说:

"事情发生得有点神秘,好像我们要瞒着你似的。

这些天来,我们想到你也许会觉得受了我们的侮辱,生我们的气,我们的幸福就显得不圆满。不过请你容许我辩白一下。我们保守秘密倒不是因为我们信不过你。第一,事情发生得突然,像是来了灵感似的,没有仔细考虑的余地。第二,这是一件私事,不好对外人讲……不便让第三者插手,哪怕像你这样亲近的人也不行。然而主要的是,在这件事上我们始终强烈地指望你会宽宏大量。你是一个极其宽宏大量,极其高尚的人。我对你感激不尽。日后如果你需要我的生命,你管自来,把它拿去就是。"

符拉西奇用平静而低沉的男低音讲话,老是那么个调门,仿佛在嗡嗡地叫。他分明很激动。彼得·米海雷奇觉得现在该由他讲话了,如果光是听人讲话而自己沉默,那在他就无异于真要扮演一个最宽宏大量和最高尚的忠厚人了,然而他到此地来并不是为了这个目的。他很快站起来,喘着气,低声说:

"你听我说,格利果利,你知道,我喜欢你,我不能希望我妹妹找到一个比你更好的丈夫了。可是现在发生的这件事太吓人!连想一下都可怕!"

"这有什么可怕的呢?"符拉西奇用发颤的声调问道,"假如我们做了坏事,那才可怕,可是这并不是坏事啊!"

"你听我说,格利果利,你知道,我是没有成见的。可是原谅我说句老实话,依我看来,你们俩的行为太自私了。当然,这话我不会对齐娜说,那会伤她的心,不过你得知道,我母亲难过到了没法形容的地步。"

"是的,这事是叫人难受的,"符拉西奇说,叹了口气,"这一点我们事先已经料到了,彼得鲁沙,可是我们有什么办法呢?如果你的行为使得一个什么人伤心,那还不能说这种行为不好。有什么办法呢!你所采取的每个严肃步骤总难免要伤别人的心。假如你去为自由战斗,那也会惹得你母亲难过的。有什么办法呢!谁要是把亲人的安宁看得高于一切,谁就得全盘放弃思想生活。"

窗外闪过一道明亮的电光,这道闪光仿佛改变了符拉西奇的思路。他挨着彼得·米海雷奇坐下,讲出些完全不必要的话。

"我,彼得鲁沙,是崇拜你妹妹的。"他说。"往常我到你家去,每次我都有一种感觉,仿佛是去朝圣似的,而我也真的对她佩服得五体投地。现在我这种崇拜还在一天天增长。在我的心目中,她比妻子高得多!高得多!"符拉西奇把双手一挥,说,"她就是我的神。自从她在我这儿住下的那天起,我走进这所房子就像走进一座神殿。她是个天下少有的、不同寻常的、最最高尚的女人!"

"嘿,他胡扯起来了!"彼得·米海雷奇想。他不喜欢"女人"这两个字。

"为什么您不正式结婚呢?"他问,"你妻子要多少钱才肯离婚?"

"七万五。"

"数目不小。不过要是跟她讨价还价呢?"

"她连一文钱也不肯让。老兄,她是个糟透了的女人!"符拉西奇叹了口气,说,"我以前从没对你讲过她,我想起她来就讨厌,可是现在机会来了,我就说一说吧。当初我是在一种优美纯正的思想的影响下跟她结婚的。要是你想知道详情的话,那就要从头说起。我们团里有个营长,跟一个十八岁的姑娘同居,那就是说,随随便便把她弄上手,跟她同居两个月,又把她抛弃了。她的处境非常可怕,老兄。她不好意思回到父母那儿去,再者他们也不会收留她。她的情人又抛弃了她,她简直只好到营房里去卖淫了。团里的军官们都感到愤慨。他们自己也并不是圣徒,可是这种卑鄙的行为实在太刺眼了。再者,团里的军官们本来就受不了这个营长。你知道,为了跟他捣乱,气愤的准尉和少尉们就一齐开始为不幸的姑娘募捐。好,我们这些低级尉官坐在一起开了个会,这个人拿出五个卢布,那个人拿出十个,忽然间,我的头脑发热了。我感到这个局面正是干一番英雄事业的大好机会。我就赶紧到姑娘那儿去,用热烈的言辞对她表白我的同情。我一路去找她的时候以及后来我对她讲我热烈地爱她的时候,我一直把她看成一个被伤害与侮辱的女人。是啊。……结果,这以后过了一个星期,我向她求婚了。我的长官和同事们认为我的婚姻同军官的尊严不相容。这反而给我火上加油。我,你知道,写了一封长信,在信上证明我的行为应该用金字写在团史上,等等。这封信寄到团长那儿去了,我还抄出许多份,分发给同事们。嗯,当然,我心情激动,难免写了些尖刻的话。团里就要求我退役。这封信的草稿我不知收藏在哪儿,将来我设法拿给你看一看。信写得很有感情。你会看出我经历过多么正直而光明的冲动。我退役后,带着我妻子到这儿来。我父亲死后只留下一些债务,我自己也没有钱,可是我妻子从头一天起就应酬朋友,喜好打扮,玩牌,我只好把田产抵押出去。你知道,她过一种很糟糕的生活,我所有的邻居当中只有你一个人没有成为她的情夫。过了大约两年,我把我当时所有的钱都送给她,算是赔偿费,她就住到城里去了。是啊。……就连现在我也每年给她一千二百卢布。糟透了的女人!老兄,有的苍蝇把卵下在蜘蛛的背上,弄得蜘蛛无论如何也抖不掉它。卵就在蜘蛛身上生长,吸它心里的血。这个女人就是照这样在我身上生长,吸我心里的血。她憎恶我,看不起我,因为我做了蠢事,也就是娶了一个像她这样的女人。她压根儿没有把我的宽宏大量看在眼里。她说:'聪明人丢掉了我,而傻瓜捡起了我。'依她看来,只有可怜的白痴才会干出我这样的事。老兄,我痛心得不得了。总之,老兄,顺便说说,命运总是折磨我。它把我折磨得好苦啊。"

彼得·米海雷奇听符拉西奇讲话,大惑不解地问自己:这个人究竟在哪方面使齐娜如此钟情呢?他年纪不轻了,已经四十一岁,长得又瘦又干瘪,胸脯很窄,鼻子挺长,胡子花白。他说话好像在嗡嗡地叫,脸上现出病态的笑容,一面说话,一面难看地挥着手。他既谈不到健康,也没有漂亮的、男子汉的风度,更没有上流社会的气派,连欢欢喜喜的样子也没有,从外表来看,总显得没有光彩,不知道是个什么路数。他的装束不雅致,环境单调乏味。他不赞成诗歌和绘画,因为它们"没有回答当代的问题",也就是说他不理解它们。音乐不能打动他的心。他在务农方面能力很差。他的田产让他管理得乱七八糟,已经抵押出去,后来又被第二次抵押,按照第二次抵押契约,得付一分二的利息。此外,由于期票未曾清偿,还欠下一万卢布的债务。每逢到了付利息或者给他妻子汇钱的日子,他总是到处求人借钱,从他的神情看来,好像他的房子起了火似的;同时,他冒冒失失地把存着过冬用的全部干柴卖掉而只换来五个卢布,把一大垛干草卖掉而只换来三个卢布,到后来就吩咐人拆掉果园的篱栅或者旧的温床架子,用来生火炉。他的草场给猪踩坏,树林里的幼林地段任凭农民的牲口践踏,老树每过一冬就少一些,菜园里和果园里丢着养蜂的木箱和生锈的水桶。他既没有才能,也缺乏天赋,甚至没有普通的生活能力。他在实际生活中是个天真而软弱的人,容易上当和受气,无怪农民们称他为"傻大爷"了。

他是个自由思想者,在县里被人看作赤色分子,可是就连这一点,在他身上也表现得枯燥乏味。他的自由思想缺乏独创精神和热情。不管愤慨也好,盛怒也好,高兴也好,他老是一个样子,毫不动人,显得疲疲沓沓。就连激昂慷慨的时候,他也不抬起头来,仍旧拱起后背。不过最乏味的是,他的优美纯正的思想,经他一讲,也显得平庸而落后了。每逢他慢腾腾,带着沉思的样子,讲起他纯正而高尚的时刻,讲起最好的岁月,或者每逢他称赞青年,说他们素来走在社会前面,现在也是如此,或者他斥责俄国人,说他们一到三十岁就穿上家常长袍,忘了他们的养我育我的母亲①的原则,他的话总是使人不由得想起早已读过的旧书。遇到有人在他家里过夜,他就在那人的床头小桌上放一本皮萨列

---

① 原文为拉丁语,高等学校的古称。

夫或者达尔文的作品。如果那人说这些书已经读过，他就走出去，拿一本杜勃罗留波夫的著作来。

在这个县里,这就叫自由思想。许多人把这种自由思想看作一种没有害处的、无伤大雅的怪癖,然而这种思想却害得他深深地不幸。这种思想对他来说无异于他刚才讲过的蝇卵:它紧紧地贴在他身上,吸他心里的血。过去,他那陀思妥耶夫斯基式的古怪婚姻,他那些笔迹很糟、叫人认不清楚可是感情丰富的长信和副本,那些无穷无尽的误会、解释、幻灭,还有他的债务、第二次抵押、给妻子的津贴、每月的借贷,所有这些对人对己都没有好处,总之,对任何人都没有好处。就连现在,他也跟从前一样,仍旧忙这忙那,追求英雄事业,过问别人的事。一有适当的机会,他照旧写长信,抄副本,发表使人厌烦的陈词滥调,讲村社,讲加强家庭手工业,讲创办干酪制造业,这些话千篇一律,仿佛不是活的脑筋里想出来,而是用机械方法制造出来的。最后还有他跟齐娜闹出来的这件丑事,谁也不知道会怎样结束!

然而,齐娜却年轻,刚二十二岁,长得好看,风度优雅,心绪欢畅。她喜欢笑,喜欢谈天,喜欢争吵,热烈地喜爱音乐。在装束、读书、布置美好的环境方面,她都在行。像这种有皮靴气味和廉价白酒气味的房间,她在自己家里就受不了。她也是自由思想者,然而在她的自由思想里人却可以感觉到充沛的力量,可以感觉到年轻、强健、胆大的姑娘的自尊心,可以感觉到她热切地巴望做一个比别人好、比别人更有独创精神的人。……那她怎么会爱上符拉西奇的呢?

"他无异于堂吉诃德,固执的空想家,狂人,"彼得·米海雷奇暗想,"她却像我一样意志薄弱,没主心骨,随和。……我和她都容易很快就毫不抵抗地让步。她爱他,然而我自己岂不也喜欢他,尽管他……"

彼得·米海雷奇认为符拉西奇是个优秀、正直,然而狭隘、偏激的人。他在符拉西奇的激动和痛苦里,以至他的全部生活里,根本就看不见最近期的或者遥远的崇高目标,却只看见烦闷无聊和缺乏生活能力。他的自我牺牲以及凡是符拉西奇称之为英雄事业或者正直的激情的一切,依他看来都是毫无益处地浪费精力,就好比白白消耗很多的弹药,不必要地放一些空枪。符拉西奇狂热地相信自己的思想异常正直,绝对正确,他却觉得这种看法未免天真,甚至病态。至于符拉西奇这一辈子不知怎么竟能把琐屑无聊的事和高尚的事混在一起,他愚蠢地结了婚而又认为这是英勇行为,后来他跟一个女人同居却从中看到某种思想的胜利,那就简直叫人无法理解了。

可是彼得·米海雷奇仍旧喜爱符拉西奇,感到他身上有一种力量;不知什么缘故,他从来也没有勇气反驳他的话。

符拉西奇找了个离他非常近的地方坐下,以便在黑暗里,在哗哗的雨声里讲话。他已经嗽过喉咙,准备讲述他的结婚经过这一类冗长的故事,可是彼得·米海雷奇再也听不下去了。他一想到马上要跟他妹妹见面就感到苦恼。

"是的,你在生活里不走运,"他柔声说,"不过,对不起,我们的话离开正题了。我们谈的不是正事。"

"对了,对了,真是这样。那么我们回到正题上来吧,"符拉西奇说,站起来,"我对你说,彼得鲁沙,我们的良心是清白的。我们没有举行婚礼,可是我们的婚姻完全合法,这是用不着我来证明的,你也用不着再听我解释。谢天谢地,你跟我一样思想解放,在这方面我们不可能有什么分歧。讲到我们的将来,也不应该使你担惊受怕。我要让齐娜幸福,为此工作到筋疲力尽,连晚上也不睡觉,总之使出全部力量来。她的生活会过得很好。你要问:我能做到这一点吗?我能,老兄!一个人时时刻刻只想着一个目标,那么他的愿望就不难达到。不过我们到齐娜那儿去吧。应当叫她高兴一下才对。"

彼得·米海雷奇的心开始急剧地跳动。他站起来,跟着符拉西奇走进门厅,从那儿走进大厅。在这个高大而阴森的房间里只有一架钢琴和一长排古老的、镶着铜饰的椅子,这些椅子从来也没有人坐过。钢琴上点着一支蜡烛。他们从这个大厅默默地走进饭厅。这儿也宽敞而不舒服。房中央放着一张大桌子,桌面由两块板镶成,下面有六条粗腿,这儿只点着一支蜡烛。一架时钟装在红色的大框子里,像是神龛,时针指着两点半。

符拉西奇推开一扇通到隔壁房间的门,说:

"齐诺琪卡,彼得鲁沙到我们这儿来了!"

立刻响起了匆忙的脚步声,齐娜走进饭厅来了。她身量高,长得丰满,脸色十分苍白,就跟彼得·米海雷奇在家里最后一次看见她的时候一样。她穿黑色的裙子和红色的短上衣,腰带上有一个大扣环。她伸出一只手搂住哥哥,吻了一下他的鬓角。

"好大的暴风雨!"她说,"刚才格利果利一出去,整个房子只剩下我一个人守着了。"

她并不慌张,瞧着哥哥,诚恳而爽朗,就跟在家里一样。彼得·米海雷奇瞧着她,也不再感到慌张了。

"不过话说回来,你是素来不怕暴风雨的。"他说,在桌子旁边坐下来。

"不错,可是这儿都是大房间,房子又老,天一打雷就震动得乱响,好比一个装着餐具的柜子。一般说来,这是一所挺可爱的房子,"她接着说,在哥哥的对面坐下来,"这儿不论哪个房间都有一段生动的历史。你想想看,格利果利的祖父就是在我那个房间里开枪自杀的。"

"八月里我们就会有钱,我要修好果园里那间小屋。"符拉西奇说。

"不知什么缘故,打雷的时候我不由得想起他的祖父,"齐娜接着说,"在这个饭厅里,从前有个人给活活打死。"

"这是真正的事实,"符拉西奇肯定道,他那对大眼睛看着彼得·米海雷奇,"在四十年代,有个姓奥里威尔的法国人租下了这个庄园。他女儿的肖像如今还丢在我们的阁楼上。她长得很好看。据我的父亲告诉我说,这个奥里威尔看不起俄国人,嫌俄国人愚昧,而且残忍地耍弄他们。例如,他硬要教士走过庄园的时候,相距半俄里远就得脱掉帽子。又如,每逢奥里威尔一家人坐车穿过村子,教堂就得敲钟。他对待农奴,对待那些地位低下的人,当然更不客气。有一次,一个俄国流浪汉的儿子路过此地,他心地善良,很像果戈理笔下的神学校学生霍玛·布鲁特①。他要求留宿一夜,管事们很喜欢这个人,就留下他在账房里工作。这件事有种种不同的说法。有人说这个神学校学生煽动农民,又有人说,似乎奥里威尔的女儿爱上了他。我不知道哪一个说法可靠,总之,有一天傍晚,奥里威尔把他叫到这儿来,盘问他,然后吩咐人打他。你知道,奥里威尔本人坐在这个桌子旁边,大口喝着波尔多葡萄酒②,瞧着那些养马的打神学校学生。他大概是在逼

---

① 果戈理的小说《地精》的主人公。——俄文本编者注
② 法国所产的一种带水果香气的烈性葡萄酒。

口供。神学校学生经不起酷刑,将近早晨给打死了,他们就把他的尸首藏起来。据说那尸首被丢在柯尔托维奇的池塘里。这引起一场官司,可是那个法国人塞给当局几千卢布,他自己离开此地,到阿尔萨斯去了。正巧租期已满,事情就这么了结了。"

"好一个坏蛋!"齐娜说,打了个哆嗦。

"不管奥里威尔也好,他女儿也好,我父亲都记得很清楚。他说那个美人儿俊极了,同时又性情古怪。我猜想,神学校学生把两件事都做了,既煽动了农民,也打动了女儿的心。说不定这个人根本不是什么神学校学生,而是一个隐姓埋名的人呢。"

齐娜沉思了。神学校学生和法国姑娘的故事显然把她的幻想引到远处去了。在彼得·米海雷奇看来,这个星期她的外貌一点也没改变,只是脸色显得更苍白了一点。她神态安详,平平稳稳,好像跟她哥哥一块儿到符拉西奇家来做客似的。可是彼得·米海雷奇却感到自己起了点变化。真的,以前她住在家里的时候,他什么话都敢跟她说,现在呢,他却连'你在这儿过得怎么样'这样简单的问题都问不出口了。这么问,似乎不妥当,也不必要。大概她自己也起了这样的变化。她并不急着把话题转到她母亲,转到她家里,转到她跟符拉西奇的爱情上去。她并不为自己辩白,也不说自由结合比合法婚姻好,更不激动,而是平静地思考奥里威尔的事情。……可是他们为什么忽然谈起奥里威尔的事情来了?

"你们两个人的肩膀都给雨淋湿了。"齐娜说,快活地笑了笑。她哥哥和符拉西奇这种小小的相似,使得她感动了。

彼得·米海雷奇却感到自己的处境十分可悲,十分可怕。他想起他的空荡荡的家、那架关着的钢琴、齐娜那个如今再也没有人走进去的明亮的房间;他想起花园里林荫道上从此再也不会有那双小脚的足迹,喝晚茶以前再也不会有人大声笑着,跑出去游泳了。凡是他从小时候起就越来越留恋不舍的东西,凡是当初他坐在闷热的中学教室或者大学讲堂里喜欢想念的东西,例如明朗、纯洁、欢乐,一切使那所房子充满生命和亮光的东西,都已经悄然离去,一去不复返,跟一个什么营长、宽宏大量的准尉、淫荡的女人、开枪自杀的祖父等等粗鄙恶俗的故事混淆在一起了。……再要提起他的母亲,再要认为过去的事可以挽回,那就是不理解已经变得很清楚的事。

彼得·米海雷奇的眼睛里满含泪水,他那只放在桌上的手颤抖起来。齐娜猜出他在想什么,她的眼睛也发红,发亮了。

"格利果利,到这儿来!"她对符拉西奇说。

他们两人走到窗前,开始小声讲话。凭符拉西奇低下头凑近她的样子,凭她看着他的样子,彼得·米海雷奇再一次体会到事情已经无可挽回地定局,没有必要再谈什么了。齐娜走出去了。

"是啊,老兄,"符拉西奇沉默了一会儿,开口说,搓着手,微微地笑,"我刚才说我们的生活幸福,那只是顺应所谓文学的要求罢了。实际上幸福的感觉还没有。齐娜始终在想你,想她母亲,心里难过。我瞧着她,心里也难过。她生性爱好自由,勇敢,然而你知道,不习惯这局面,却是件苦事,再说,她年轻。仆人称呼她太太,这似乎是小事,可是惹得她不痛快。就是这样,老兄。"

齐娜端来满满的一盘草莓。她身后跟着一个矮小的使女,带着驯服、畏缩的神情。她把装着牛奶的高水罐放在桌子上,深深地一鞠躬。……她跟那些古老的家具倒有共同之处,也那么麻木而乏味。

雨声已经听不见了。彼得·米海雷奇吃着草莓,符拉西奇和齐娜默默地瞧着他。那种不必要而又无法回避的谈话就要开始了。三个人都感到它的沉重。彼得·米海雷奇的眼睛里又含满泪水,他推开面前的盘子,说他现在该回家,要不然就会太迟,说不定要下雨了。这就到了齐娜出于礼貌必须谈一谈家里人,谈一谈自己新生活的时候了。

"我们家里怎么样?"她很快地问,她那苍白的脸颤抖起来,"妈妈怎么样?"

"你知道妈妈的脾气……"彼得·米海雷奇说,眼睛没看她。

"彼得鲁沙,关于已经发生的事,你已经想得很多了,"她说,拉住她哥哥的衣袖,他明白,她讲话的时候心里是多么难受,"你想了很久,那么告诉我,是不是可以指望妈妈日后容得下格利果利……一般地说容得下这种局面?"

她站得离她哥哥很近,脸对着脸,他暗暗惊讶她长得美极了,以前他似乎没有留意到这一点。他想到他妹妹长得像妈妈,娇柔、文雅,却住在符拉西奇家里,跟符拉西奇同居,身旁有一个神情麻木的使女,有一张六条腿的桌子,住在一所以前活活打死过人的房子里;想到她目前不会跟他一起回家,却留在这里过夜,他就觉得这简直荒唐极了。

"你知道妈妈的脾气……"他说,没有回答她的问话,"依我看来,应当遵守……应当做点什么事,请求她原谅什么的。……"

"然而请求原谅就等于装出我们做了坏事的样子。为了叫妈妈得到安慰,我倒也准备说谎,可是要知道,这是不会有什么结果的。我知道妈妈的脾气。哎,听天由命吧!"齐娜说着,快活起来,因为最不愉快的话已经说出口了,"我们等它五年或者十年,我们要有耐心,到那时候再看上帝的旨意吧。"

她挽起哥哥的胳膊,当她穿过幽暗的门厅时,她的身子紧贴他的肩膀。

他们走到台阶上。彼得·米海雷奇告辞,骑上马,缓步走去。齐娜和符拉西奇步行送他一程。四下里安静而温暖,弥漫着干草的美妙的香气;天上那些浮云中间,有些星星在明亮地放光。符拉西奇那个历年来目睹过许多惨事的老花园,笼罩在昏暗中,睡熟了;不知什么缘故,人骑着马穿过这个花园,心里就会觉得忧伤。

"我和齐娜今天吃过午饭以后度过一段真正愉快的时光!"符拉西奇说,"我给她朗诵一篇关于移民问题的精彩论文。你该看一遍,老兄!你务必要看一遍!这篇文章写得十分实在!我忍不住写了封信给编辑部,托他们转交作者。我只写了一行:'我感激您,紧紧地握您诚实的手!'"

彼得·米海雷奇本来想说:"请你不要去管那种跟你不相干的事吧!"可是他没有说出口。

符拉西奇靠着他右边的马镫走,齐娜靠着他左边的马镫走,两人仿佛忘记应该回家去了。天气潮湿,他们离柯尔托维奇的小树林不远了。彼得·米海雷奇感到他们在等他说出一些话来,至于究竟是什么话,连他们自己也不知道,于是他可怜起他们来了,替他们难过得不行。现在他们带着温顺的神情,沉思不语,在马旁边走着,他这才深深地相信他们并不幸福,也不可能幸福。他们的爱情,依他看来,是一种可悲的、无可挽救的错误。他满腔怜悯,又感到自己没有办法帮助他们,于是生出一种无可奈何的心情；为了摆脱沉重的怜悯心情，他简直情愿作出任何牺牲。

"我将来要到你们家来住一夜。"他说。

不过，这像是他在作出让步似的，他心里感到不满意。可是，当他们在柯尔托维奇的小树林旁边停下来告别之际，他却向齐娜弯下腰去，碰到她的肩膀，说：

"你，齐娜，是对的。你做得好！"

为了避免多说话，避免哭出来，他就用鞭子抽马，跑进小树林里去了。他钻进幽暗的小树林，回过头来，看见符拉西奇和齐娜正往回家的路上走去，他迈开大步，她挨近他，踩着急促的、一颠一纵的步子，两个人正在活跃地谈着什么。

"我简直成了老婆婆，"彼得·米海雷奇想，"我原是来解决问题的，可是反而把问题弄得更加复杂了。哎，随它去吧！"

他心头沉重。等到小树林走完，他就让马的脚步放慢，然后在池塘旁边勒住马。他想一动也不动地坐在马上,想一想。月亮升上来,映在远处的水面上,像是一根红柱子。雷声在什么地方闷闷地响着。彼得·米海雷奇目不转睛地瞧着池水,想象他妹妹的绝望心情,她那痛苦、苍白的脸容,她那双为了把自己的委屈瞒住外人而不流泪的眼睛。他想象日后她会怀孕,想象他母亲会去世,想象葬礼,想象齐娜的凄惨。……那骄傲的、迷信的老太太临了一定会死掉。在他眼前,一幅幅未来的可怕画面在乌黑平滑的水面上升起来,他在那些脸色苍白的女人身影当中看见了他自己,战战兢兢,软弱无能,带着惭愧的脸色。……

池塘右岸,百步开外,立着一个黑乎乎的东西,一动也不动:那是人呢,还是高树桩?彼得·米海雷奇想起那个神学校学生,他被人打死以后就是丢在这个池塘里的。

"奥里威尔做事惨无人道,可是话说回来,他好歹总算把问题解决了,我呢,却什么也没解决,反而把问题弄乱了,"他暗想,凝神看着那个幽灵般的黑影,"他按他自己的想法说话和办事,可是我所说和所做的都不是我自己所想的。再说,我所想的究竟是什么,我自己也不十分清楚。……"

他往黑影那边走过去,原来那是从前某个建筑物残存下来的一根朽烂的旧柱子。

从小树林里和柯尔托维奇的庄园上飘来铃兰和带蜜的花草的浓香。彼得·米海雷奇在池塘边上走来走去,悲怆地瞧着池水,想起自己的生活,暗自相信到目前为止他所说的和所做的都不是他所想的,别人对他也是如此;因此,如今在他眼里,全部生活就像映着夜晚的天空、纠结着许多水草的池水那样黑。而且他觉得,这是无法补救的。

迟开的花朵

献给尼·伊·柯罗包夫

一

事情发生在秋天一个阴暗的"下午",普利克隆斯基公爵家里。

年老的公爵夫人和玛鲁霞公爵小姐,在年轻的公爵房间里站着,绞着手指头,恳求他。她们提起基督和上帝,提起荣誉,提起父亲的遗骸,三番四次地恳求他,只有遭遇不幸和哭哭啼啼的女人才会这样苦求不已。

邻　居　集

公爵夫人站在他面前不动,一味哭泣。

她老泪纵横,滔滔不绝地讲着,打断玛鲁霞的每句话,时而责难公爵,说出些刻薄的以至辱骂的话,时而对他爱抚备至,时而提出各种要求。……她千百次提到商人富罗夫怎样逼他们还债,提到去世的父亲的骸骨如今怎样在棺材里翻腾,等等。她甚至还提到托波尔科夫医生。

普利克隆斯基公爵一家人总是对托波尔科夫医生看不上眼。他父亲是农奴,就是去世的公爵的跟班森卡。医生的舅舅尼基佛尔至今还是叶果鲁希卡公爵的侍仆。托波尔科夫医生本人,幼年间也因为没擦干净公爵家的刀叉、靴子和茶炊而让他们打过后脑勺。可是现在,嘿,这岂不荒唐?他竟然成了大名鼎鼎的青年医生,生活得跟老爷一样,住在大得不得了的房子里,出门就坐双套马的马车,仿佛故意要叫普利克隆斯基家的人"难堪"似的,因为他们出门却要步行,遇到雇马车总要讲很久的价钱。

"他受到一切人的尊敬,"公爵夫人说,哭哭啼啼,没擦掉眼泪,"大家都喜爱他。他家财豪富,相貌漂亮,到处受到款待。……他就是你旧日的仆人,尼基佛尔的外甥!说起来真是丢人!那么这是因为什么缘故呢?就因为他品行端正,不灌酒,不同坏人来往。……他从早到晚工作。……可是你呢?我的上帝,主啊!"

公爵小姐玛鲁霞是个二十岁光景的姑娘,相貌俊俏,如同英国长篇小说里的女主人公一样,生着好看的亚麻色鬈发,眼睛又大又聪明,颜色像南方的天空。她也费不少的力气恳求她哥哥叶果鲁希卡。

她跟她母亲抢着讲话。她吻她哥哥刚硬的唇髭,却闻到酸臭的酒气。她摩挲着他的秃顶和脸颊,依偎着他,就像是受了惊吓的小狗。她所说的全是温柔体贴的话。公爵小姐不忍心对她哥哥说出一句哪怕是近似挖苦的话。她那么热爱哥哥!依照她的看法,她那沉湎于酒色的哥哥,退伍的骠骑兵叶果鲁希卡公爵,是最高真理的表达者,最高美德的模范!她相信,而且死心塌地相信,这个醉醺醺的糊涂虫有一颗神话中的仙女都会羡慕的心。她把他看做不得志的人,不为人所理解,也不为人所赏识。她几乎带着欣赏的心情原谅他酗酒的放荡生活。可不是!叶果鲁希卡早已说得她相信他是因为痛苦才灌酒的,他用葡萄酒和白酒浇灭燃烧他心灵的绝望的爱情,他之所以投入淫荡的少女的怀抱是为了竭力要从他骠骑兵的头脑里把她那优美的形象挤出去。玛鲁霞也罢,一般女人也罢,哪一个不认为爱情是使一切可以得到原谅因而无比正当的理由呢?哪一个不是这样呢?

"乔治!"玛鲁霞说,依偎着他,吻他干瘦而鼻子发红的脸,"你借酒浇愁,这是实在的。……不过,既是这样,那你就忘掉你的痛苦吧!难道一切不幸的人都得喝酒?你忍耐一下,拿出勇气来,克制自己吧!做个英雄好汉!有你这样的才智,有你这样正直而充满热爱的心灵,就经得住命运的打击!啊!你们这些不得志的人,都是这么脆弱!……"

这时候,玛鲁霞想起了屠格涅夫的罗亭①(请原谅她吧,读者诸君),就开始对叶果鲁希卡议论这个人物。

叶果鲁希卡公爵躺在床上,他那对发红的、细小的眼睛瞧着天花板。他头脑里有点乱哄哄,不过肠胃里倒有一种愉快的饱足感。他刚刚吃过中饭,喝下一瓶红葡萄酒,现在吸着三戈比一支的雪茄,正在纳福。他那昏沉的头脑和痛苦的心灵里聚集着极其杂乱的思想和感情。他觉得对不起哭泣的母亲和妹妹,同时又恨不得把她们赶出房外去才好:她们妨碍他睡一会儿,打一打呼噜。他心里有气,因为她们竟敢教训他,同时他的(大概很小的)良心装着小小的痛苦,在折磨他。他愚蠢,然而还没有愚蠢到不能理解普利克隆斯基家确实在败落,而且这或多或少是由他造成的。

公爵夫人和玛鲁霞恳求很久。客厅里已经点起灯

---

① 俄国作家屠格涅夫的中篇小说《罗亭》中的男主人公,一个"语言的巨人和行动的侏儒"的典型。

火,有个女客来了,她们却仍旧在恳求。最后,叶果鲁希卡由于躺着却不能睡觉而感到腻烦了。他伸个懒腰,骨节咯吱咯吱地响,说:

"行,我改过就是!"

"这话是真心诚意的?"

"我说了假话,就叫上帝惩罚我!"

他的母亲和妹妹抓住他的手,逼着他再一次对上帝起誓,凭人格起誓。叶果鲁希卡就再一次对上帝起誓,凭人格起誓,说要是他再不停止这种不规矩的生活,就让天雷当场劈死他。公爵夫人逼着他吻圣像。他果然吻圣像,同时在胸前画三次十字。一句话,他起的誓再地道也没有了。

"我们相信你!"公爵夫人和玛鲁霞说着,扑过去拥抱叶果鲁希卡。她们都相信他。是啊,最真诚的话语,极重的誓言,对圣像的亲吻,所有这些加在一起,怎能叫人不相信呢?再者,凡是有热爱的地方,也就有盲目的信心。她们像是复活了,两个人眉开眼笑,如同犹太教人庆祝耶路撒冷复兴那样庆祝叶果鲁希卡的新生。她们把客人送走后,在墙角坐下,小声谈论她们的叶果鲁希卡会怎样改过自新,怎样过新的生活。……她们断定叶果鲁希卡会大有发展,不久就会改善他家的局面,那她们就不必再忍受极端的贫困,这种贫困好比讨厌的鲁比肯河①,凡是荡尽家财的人都得渡过。她们甚至断定叶果鲁希卡一定会娶个又富足又美丽的女人。他那么英俊、聪明,门第又那么高贵,天下未必会有一个女人胆敢不爱他!最后,公爵夫人还讲了讲他祖先的身世,认为叶果鲁希卡很快就会开始步他们的后尘。普利克隆斯基的祖父是公使,会说欧洲各国语言,他父亲是极其著名的军团的司令官,那么儿子将来会……将来会……他会做什么呢?

"您一定会看见他将来成为大人物!"公爵小姐断定说,"您一定会看见的!"

---

① 意大利的河名。古罗马恺撒曾不顾禁令,越过这条河而引起内战。

邻 居 集

她们在床上睡下后,又说起美好的前途,讲了很久。等到她们睡熟,就做许多极其迷人的梦。她们在睡乡中幸福得不住微笑,梦境太美了。那些梦大概是命运用来补偿她们第二天经历到的恐怖的。命运并不永远吝啬,有的时候甚至还肯预先付给你一点代价呢。

大约凌晨三点钟,恰好公爵夫人梦见她的孩子①穿着光彩夺目的将军服装,玛鲁霞正在梦中为她那发表精彩演说的哥哥鼓掌,不料一辆普通的出租马车来到普利克隆斯基公爵家门口。马车里坐着花卉饭店的仆役,怀里抱着醉得像死人一样的叶果鲁希卡公爵的高贵身体。叶果鲁希卡已经完全人事不知,在"炸房"②的怀抱里摇来晃去,犹如刚刚宰完、正送进厨房里去的鹅。马车夫从赶车座位上跳下来,在大门口拉响门铃。尼基佛尔和厨师走出来,付完车钱,把烂醉如泥的身体抬上楼去。年老的尼基佛尔既不惊讶,也不

---

① 原文为法语。
② 醉汉舌头不灵便,把"茶房"说成了"炸房"。

害怕,用他干惯这种事的手给那不动的身体脱掉衣服,把它放到羽毛褥子中央,盖上被子。仆人们一句话都没说。他们早已看惯主人变成一种必须抬上来、脱掉衣服、盖上被子的东西,因此毫不惊讶,也毫不害怕。对他们来说,醉醺醺的叶果鲁希卡已经是常规了。

第二天早晨,大家都吓坏了。

大约十一点钟光景,公爵夫人和玛鲁霞正在喝咖啡,尼基佛尔走进饭厅里来,报告她们说叶果鲁希卡公爵情形不妙。

"公爵多半要死了!"尼基佛尔说,"请您去看一看吧!"

公爵夫人和玛鲁霞的脸顿时白得像亚麻布一样。公爵夫人的嘴里掉出一小块饼干。玛鲁霞碰翻咖啡杯,两只手抓住胸口的衣服,她胸膛里那颗心受到出其不意的打击,惊慌不安,怦怦地跳起来。

"公爵是凌晨三点钟喝醉酒回到家里来的,"尼基佛尔用发抖的声音报告说,"跟往常一样。……喏,可是现在,上帝才知道是怎么回事,他不住地翻身,嘴里哼哼唧唧的。……"

公爵夫人和玛鲁霞互相抓住,一齐跑到叶果鲁希卡的寝室里去。

叶果鲁希卡脸色白里发青,头发蓬松,面容极其憔悴,在很厚的鸭绒被子里躺着,呼呼地喘气,身子发抖,翻来覆去。他的头和手一刻也不安静,老是在动,不住颤抖。他胸中冒出一声声的呻吟。他的唇髭上挂着一小块红东西,大概是血。要是玛鲁霞弯下身去凑近他的脸,就会看见他的上嘴唇有个小小的伤口,上颚缺了两颗门牙。他周身冒出热气和酒气。

公爵夫人和玛鲁霞跪下去,放声痛哭。

"他要是死了,那就要怪我们!"玛鲁霞说着,捧住自己的头,"我们昨天不住责备他,伤了他的心,于是……他受不住了!他的灵魂脆弱得很!这怪我们不对,妈妈!"

她俩一面感到负疚,一面睁大眼睛,浑身发抖,互相偎紧。人只有眼见头顶上的天花板随着稀里哗啦的声音和喀嚓的一响,马上就塌下来,兜头盖脑地把自己砸得粉碎,才会这样发抖,这样互相偎紧。

厨师灵机一动,跑出去请医生。医生伊凡·阿多尔佛维奇来了。他是个矮小的人,周身似乎只有一块很大的秃顶、一对愚蠢的和猪一般小的眼睛以及一个滚圆的小肚子。她们见到他都高兴,就像见到亲爹一样。他闻了闻叶果鲁希卡寝室里的空气,摸了摸脉搏,深深地叹口气,皱起眉头。

"您不用担心,夫人!"他用恳求的口气对公爵夫人说,"我不知道对不对,可是,按我的看法,夫人,我认为您的儿子不是处在很大的所谓危险之中。……不要紧的!"

可是他对玛鲁霞说的就截然不同了:

"我不知道对不对,公爵小姐,可是,按我的看法……各人是有各人的看法的,公爵小姐。按我的看法,公爵……哼!……就像日耳曼人说的那样……*病势沉重*①。……

---

① 原文为德语。

不过呢,一切都要看……都要看所谓的转变期。"

"他有危险吗?"玛鲁霞小声问。

伊凡·阿多尔佛维奇皱起额头,开始说明各人有各人的看法。……她们给他三卢布。他道过谢,很不好意思,咳嗽几声,走掉了。

公爵夫人和玛鲁霞清醒过来后,决定派人去请有名的医生。有名的医生收费很贵,可是……有什么办法呢?亲人的性命总比金钱贵重啊。厨师就跑出去请托波尔科夫。他在医生家里,不消说,没有找到医生。他只得留下一张字条。托波尔科夫没有很快地应邀而来。她们心里发紧,神魂不定地等一天,又等整整一夜,再等了一个上午。……她们甚至打算派人去另外请医生。她们决定等托波尔科夫来了,就骂他"大老粗",而且要当着他的面骂他,叫他下次再也不敢害得人家这么久等。普利克隆斯基公爵家里的人尽管发愁,却从心底里愤愤不平。最后,到第二天下午两点钟,才有一辆带弹簧的四轮马车来到他们家的大门口。

尼基佛尔赶紧踩着碎步往房门口走去,过几秒钟,极其恭敬地从他外甥的肩头脱下厚呢大衣。托波尔科夫咳嗽一声,表示他来了,然后对谁也没点头,照直往病人的房间走去。他穿过大厅、客厅、饭厅,对任何人也没看一眼,气度庄严,如同将军一样,脚上穿着亮晃晃的皮靴,踩出嘎吱嘎吱的响声,闹得整个房子都能听见。他那魁梧的身材引起人们的尊敬。他稳重,庄严,仪表堂堂,五官极其端正,仿佛是用象牙雕出来的。他那副金丝眼镜和极其严肃呆板的面容,越发衬托出他高傲的气概。论出身,他是平民,然而在他身上,除了颇为发达的肌肉以外,平民的特点几乎什么也没剩下。一切都是老爷的气派,甚至是绅士的气派。他的脸绯红、漂亮,而且,如果可以相信他的病人们的看法,甚至漂亮极了。他的脖子白得像女人一样。他的头发像丝线那么柔软、好看,不过,可惜剪得太短。要是托波尔科夫注重仪表,他就不会把头发剪短,而会留长,让它卷曲着,垂到他的领口上。他的脸漂亮,然而神情过于冷淡,过于严肃,反而不招人喜欢。那张脸又冷淡,又严肃,又呆板,除了终日繁忙所造成的极度疲劳以外,什么表情也没有。

玛鲁霞迎着托波尔科夫走过去,在他面前绞着手,开始求他帮忙。以前她从来也没有求过任何人帮忙。

"您救救他,大夫!"她说着,抬起大眼睛来瞧着他,"我求求您!所有的希望都寄托在您身上了!"

托波尔科夫绕过玛鲁霞,向叶果鲁希卡那边走去。

"打开通气窗!"他一走进病人的房间就命令道,"为什么不打开通气窗?叫人怎么呼吸呢?"

公爵夫人、玛鲁霞和尼基佛尔赶紧跑到窗子和火炉那边去。窗子上已经安上双层窗,通气窗没有了①。炉子没有生火。

"没有通气窗。"公爵夫人胆怯地说。

---

① 俄国的窗子,到冬天在窗外再安上一层窗子,借以避寒。原有的窗上有一个小小的通气窗可以推开通风,后加的窗上没有通气窗。

"奇怪。……嗯。……在这种条件下怎么能医病！我医不了！"

托波尔科夫略微提高嗓音，接着说：

"把他抬到大厅里去！那儿不这样闷。叫人来！"

尼基佛尔赶紧扑到床跟前去，在床头那边站住。公爵夫人涨红脸，因为她家里除了尼基佛尔、一个厨师、一个半瞎的女仆以外，再也没有别的仆人。她就亲自跑过去抬床。玛鲁霞也抓住床，用尽气力把它抬起来。一个年迈的老人和两个弱女子呼哧呼哧地喘着气，把床抬起来，搬出去。他们一边抬，一边不相信自己的力量，跌跌撞撞，生怕把床打翻。公爵夫人的连衣裙的肩部裂开，她觉得肚子里似乎有个什么东西脱了节，在掉下去。玛鲁霞头晕目眩，两条胳膊痛得厉害。叶果鲁希卡好重啊！可是他，医学博士托波尔科夫，却庄严地跟在床后面走，生气地皱起眉头，怪这些小事占用了他的时间。他连手指头都没动一下去帮助那些女人！简直是畜生！……

邻居集

他们把床放在钢琴旁边。托波尔科夫撩开被子,一面向公爵夫人问话,一面动手给翻来覆去的叶果鲁希卡脱掉衣服。不出一秒钟,他的衬衫就脱下来了。

"您说得短一点,劳驾!这些话跟病情不相干!"托波尔科夫听着公爵夫人讲话,咬清字音说,"没事的人可以出去!"

他用小锤子敲一阵叶果鲁希卡的胸部,然后把病人翻个身,脸朝下,又敲一阵。他听诊的时候呼呼地喘气(医生们听诊总要喘气),断定这是单纯的酒狂症。

"不妨给他穿上治热病用的紧身衣。"他用平稳清楚的声调说出每个字。

他另外又叮嘱一些话,然后写好处方,很快地往房门口走去。他写处方的时候,顺便问起叶果鲁希卡的姓。

"普利克隆斯基公爵。"公爵夫人说。

"普利克隆斯基?"托波尔科夫反问道。

"你怎么这样快就忘记了你旧日的……地主的

姓!"公爵夫人暗想。

公爵夫人没敢想"旧日的……主人",这个旧日的农奴的气派太威严了!

在前厅里,她走到他跟前,心里发紧,问道:

"大夫,他有危险吗?"

"我想没有危险。"

"按您的看法,他会复原吗?"

"我想会。"医生冷冷地答道,稍微点一下头,就走下楼去找他的马车,那辆马车也是又稳重又庄严,不下于他本人。

医生走后,公爵夫人和玛鲁霞经过一昼夜的疲劳后第一次舒畅地叹口气。名医托波尔科夫让她们觉得有希望了。

"他多么仔细,多么可爱!"公爵夫人说,心里暗暗为世界上一切医生祝福。孩子有了病,母亲总喜爱医学,相信医学!

"这个老爷可真神气啊!"尼基佛尔说。很久以来，他在主人家里除了见到叶果鲁希卡的朋友,那些浪子和酒徒以外,再也没见过另外的人。这个老头子做梦都没想到神气的老爷不是外人,就是从前那个肮里肮脏的孩子柯尔卡,那时候他不止一次揪住孩子的腿,把他从运水车上拉下来,饱打一顿呢。

公爵夫人一直瞒住他,没有说出他的外甥做了医生。

傍晚,太阳落下去后,由于忧愁和疲劳而四肢无力的玛鲁霞,突然猛烈地打冷战。这场冷战把她推倒在床上,紧跟着她就发高烧,肋部痛。她通宵说梦话,呻吟道:

"我要死了,妈妈!"

第二天早晨九点多钟,托波尔科夫来了,这回不是给一个人而是给两个人看病:叶果鲁希卡公爵和玛鲁霞。他发现玛鲁霞得了肺炎。

普利克隆斯基公爵家里弥漫着死亡的气息。肉眼看不见然而可怕的死神,在两张床的床头上忽隐忽现,随时威胁着年老的公爵夫人,要夺去她的两个孩子。公爵夫人急得没了魂。

"我不知道!"托波尔科夫对她说,"我不知道,我不是预言家。要过几天才能看清楚。"

他说这些话的口气干巴巴,冷冰冰,伤了不幸的老太婆的心。至少也该说一句有希望的话啊!仿佛要增添她的不幸似的,托波尔科夫几乎没有为病人开什么药,光是忙于敲打,听诊,责难,嫌这儿的空气不洁净,嫌压布放得不是地方,不是时候。老太婆却认为所有这些新近时兴的玩意儿都是毫无用处的空忙。她日夜不断地从这张床旁边走到那张床旁边,忘掉世上的一切,只顾发誓许愿,祈祷上帝。

她认为热病和肺炎是最容易致人死命的疾病。等到玛鲁霞痰中见血,她以为公爵小姐已经到了"肺结核末期",就倒在地下,不省人事了。

不料,公爵小姐在得病的第七天,竟然微微一笑,说道:

"我好了!"

您可以想象,公爵夫人是多么高兴啊!

连叶果鲁希卡也在第七天醒过来了。公爵夫人见

到来这里看病的托波尔科夫,就走过去,好像见到天神似的不住祈祷着,幸福得又是哭又是笑,说:

"我感激您,大夫,救活了我的孩子。谢谢您!"

"什么?"

"我对您感激不尽!您救活了我的孩子!"

"可是……现在都第七天了!我本来料着五天就会好的。不过,反正也一样。早晨和傍晚给她吃这药粉。压布继续要用。这条厚被子可以换一条薄点的。给您的儿子喝点带酸味的饮料。明天傍晚我再来。"

这位名医就点一点头,迈开平稳的将军步伐,往楼梯口走去。

二

白昼明亮而清澈,略有寒意。这是秋季的白昼,遇上这样的日子,人们往往甘心忍受寒冷,忍受潮湿,忍受沉重的套鞋。空气明净极了,就连停在最高的钟楼上一只寒鸦的嘴都可以看清楚。空气里浸透秋天的气息。您走到大街上,您的脸上就会泛起一大片健康的红晕,类似上等的克里米亚苹果。黄色的枯叶早已凋落,遭到人们践踏,有耐性地等着头一场大雪。太阳光芒四射,照得枯叶黄澄澄的,像是一枚枚金币。大自然安稳温顺地睡熟,没有风,没有声音。它静止不动,默默无声,仿佛经过春天和夏天感到筋疲力尽,如今在温暖而爱抚的阳光下纳福。您瞧着这种正在开始的安宁气氛,您自己就也想心平气和地安定下来。……

正是在这样一个白昼,玛鲁霞和叶果鲁希卡坐在窗前,最后一次等候托波尔科夫来临。温暖而爱抚的阳光也射进普利克隆斯基家的窗子里来,在地毯上、椅子上、钢琴上闪亮。一切东西都浸沉在这种亮光里。玛鲁霞和叶果鲁希卡从窗口瞧着街上,庆幸他们痊愈了。病愈的人,特别是如果年轻,总是感到很幸福。一般健康的人是不会感到和理解健康的,他们却感到了,理解了。健康就是自由,那么除了被解放的奴隶以外,谁还能领略自由的快乐?玛鲁霞和叶果鲁希卡每分钟都感到自己是被解放的奴隶。他们多么畅快啊!他们想呼吸,想看窗外,想活动,一句话,想生活。所有这些愿望,每秒钟都在实现。逼债的富罗夫、毁谤、叶果鲁希卡的行为、贫穷……一概都忘在脑后。只有那些愉快的、不搅乱人心的事情才没忘却,例如好天气、最近要开的舞会、好心的妈妈和……医生。玛鲁霞有说有笑,一刻也不停嘴。主要的话题就是他们一直在等待的医生。

"了不起的人,万能的人!"她说,"他多么神通广大啊!你来评断一下,乔治,这是多么崇高的事业:同自然界斗争而且战胜它!"

她说个不停,每说完一句夸张而又诚恳的话,总是用手和眼睛表现出一个大惊叹号。

叶果鲁希卡听妹妹讲那些热情洋溢的话,眯巴着小眼睛,随声附和。他自己也尊敬托波尔科夫严厉的容貌,相信他的痊愈完全归功于他。妈妈坐在一旁,眉开眼笑,心花怒放,分享孩子们的快乐。

她喜欢托波尔科夫,不仅是因为他有医病的本领,还因为她在医生脸上看出一种"奋发有为"的神采。

不知什么缘故,老年人都非常喜欢这种"奋发有为"。

"可惜的只是他……他出身那么低贱,"公爵夫人胆怯地瞥一眼女儿,说,"而且他的行业……也不大干净。他老得翻弄各式各样的脏东西。……呸!"

公爵小姐脸红起来,坐到另一把圈椅上去,离她母亲远点。叶果鲁希卡也扭动身子。

他受不了贵族的傲气和妄自尊大。

贫穷能给任何人上课!他已经不止一次亲身经历过比他富有的人对他摆架子了。

"如今这个年月,妈妈①,"他说,轻蔑地耸一耸肩膀,"谁肩膀上长着个脑袋,裤子上有个大口袋,谁就是好出身。谁在该长脑袋的地方长了个屁股,该有口袋的地方只有肥皂泡,谁就……等于零,事情就是

---

① 原文为德语。

这样！"

叶果鲁希卡说这些话是在学舌。这些话，他是两个月前从一个宗教学校学生那儿听来的，他在台球房里跟那个学生打过架。

"我情愿拿我的公爵头衔去换他的脑袋和口袋。"叶果鲁希卡补充道。

玛鲁霞抬起充满感激的眼睛瞧着她哥哥。

"我有很多话想跟您说，妈妈，可是您不懂，"她说，叹口气，"谁也没法改变您的想法。……很可惜！"

公爵夫人由于守旧思想当场被人揭穿而觉得难为情，就开始分辩。

"不过，在彼得堡我认识过一个大夫，是个男爵，"她说，"对，对。……在国外也有这样的大夫。……这是实在的。……教育可是大有用处的。……嗯，对了。……"

十二点多钟，托波尔科夫来了。他仍然像头一次那样走进来：气度庄严，对任何人也不看一眼。

"不要服用含酒精的饮料,要尽可能避免饮酒过量,"他放下帽子,转过身来对叶果鲁希卡说,"要注意肝脏。您的肝已经肿大不少。这种肿大应当完全归因于服用那些饮料。要喝我开的药水。"

他回过身来对着玛鲁霞,也向她提出几个最后的忠告。

玛鲁霞专心地听着,仿佛听有趣的故事似的,眼睛直勾勾地瞧着那个有学问的人的眼睛。

"怎么样?我想,您听明白了吧?"托波尔科夫问她。

"哦,听明白了!谢谢。"

这次来访持续整整四分钟。

托波尔科夫咳嗽一声,拿起帽子,点点头。玛鲁霞和叶果鲁希卡都把眼睛移到母亲身上。玛鲁霞甚至脸红了。

公爵夫人像鸭子似的摇摆着身子,走到医生跟前,涨红脸,把她的手别扭地塞到他白皙的拳头里。

"请容许我向您道谢!"她说。

叶果鲁希卡和玛鲁霞低下眼睛。托波尔科夫把拳头举到眼镜跟前,瞧着一卷钞票。他毫不忸怩,也不低下眼睛,却把一根手指头塞进嘴里,蘸点唾沫,几乎不出声地数起钞票来。他一共数了十二张二十五卢布钞票。怪不得尼基佛尔昨天拿着她的镯子和耳环在外边奔走!托波尔科夫的脸上掠过一小块明亮的云,类似人们在圣徒头上所画的光晕。他的嘴微微嘻开,露出笑意。看来,他对这笔报酬很满意。他数完钱,把它放进口袋里,又点一下头,回转身往房门口走去。

公爵夫人、玛鲁霞和叶果鲁希卡定睛瞧着医生的后背,三个人一齐感到他们的心缩紧了。他们的眼睛里闪着美好的感情:这个人要走了,再也不来了,他们却已经习惯了他平稳的步伐、清楚的声调和严肃的脸相。母亲的头脑里闪过一个小小的主意。她忽然有意对这个木石般的人亲热一下。

"他是个孤儿,可怜呀,"她暗想,"他孤孤单单。"

"大夫。"她用老太婆的柔和声调说。

医生回过头来看一眼。

"什么事?"

"您跟我们一起喝杯咖啡好吗?您不要客气!"

托波尔科夫皱起额头,慢腾腾地从口袋里取出怀表来。他看看怀表,略为沉吟一下,说:

"我喝茶。"

"请坐,劳驾!就坐在这儿吧!"

托波尔科夫放下帽子,坐下来。他直挺挺地坐在那儿,像是人体模型,弯着膝盖,挺起胸膛,直着脖子。公爵夫人和玛鲁霞忙碌起来。玛鲁霞睁大眼睛,露出操心的眼神,仿佛人家对她提出一个难于解答的问题似的。尼基佛尔穿着黑色旧礼服,戴着灰色手套,在各处房间里跑来跑去。房子里到处传遍茶具的响声,茶匙叮叮当当地响。不知什么缘故,叶果鲁希卡被人暂时从大厅里叫出去,而且是悄悄地、秘密地叫出去的。

托波尔科夫等着送茶来,坐了大约十分钟。他坐在那儿,瞧着钢琴的踏板,四肢完全不动,也没有发出一点声音。最后客厅的房门开了。满面春风的尼基佛尔走进来,手里端着大托盘。托盘上放两个大玻璃杯,外面套着银茶托:一杯茶是端给医生的,另一杯是端给叶果鲁希卡的。两杯茶周围,遵照严格的对称款式,放着鲜奶油壶和煮开的奶油壶,另外有糖缸以及夹糖的夹子,一杯柠檬以及小叉子和饼干。

叶果鲁希卡跟着尼基佛尔走进来,脸上为要显出庄严而变得死板板。

殿后的是额头冒汗的公爵夫人和睁着大眼睛的玛鲁霞。

"喝茶吧,请!"公爵夫人对托波尔科夫说。

叶果鲁希卡拿起茶杯来,走到旁边去,小心地喝一口。托波尔科夫也拿起茶杯来,喝一口。公爵夫人和公爵小姐在一旁坐下,开始研究医生的相貌。

"您的茶也许还不够甜吧?"公爵夫人问。

"不,够甜了。"

随后,正如应该预料到的,沉默来了。那是可怕而讨厌的沉默,不知什么缘故,这使人感到局面极其别扭,令人忸怩不安。医生只顾喝茶,没开口说话。看来,他没把周围的一切放在眼里,在他面前除了茶以外,他什么也没看见。

公爵夫人和玛鲁霞非常想跟有学问的人谈一谈,却又不知道从何说起。两个人都怕自己显得愚蠢。叶果鲁希卡瞧着医生,从他的眼神可以看出,他有心问一句什么话,却怎么也打不定主意。房间里像坟墓般寂静,偶尔被喝茶声打破。托波尔科夫喝茶的声音很响。他看来并不觉得拘束,自由自在地喝着。他一边喝,一边发出咕嘟的声音。那口茶似乎从他嘴里落到一个什么深渊里,在那儿碰响一个又大又光滑的东西。尼基佛尔也偶尔打破寂静,不时吧嗒着嘴,咀嚼着,倒好像把做客的医生放在嘴里,品尝他的滋味似的。

"据说吸烟有害,是真的吗?"叶果鲁希卡终于打定主意问道。

"尼古丁,烟草的生物碱,对人的身体所产生的影响不亚于一种剧烈的毒药。每支纸烟带到身体里去的毒素,在数量上微不足道,不过另一方面,这种毒素的引入却是持续不断的。毒素的数量以及它的力量,同服用的持续性成反比。"

公爵夫人和玛鲁霞互相看一眼:他多么有学问啊!叶果鲁希卡开始眨巴眼睛,拉长他那张鱼样的脸。他这个可怜人,没听懂医生的话。

"当初在我们军团里,"他开口说,打算把学术的谈话换成普通的谈话,"有个军官,姓柯谢奇金,是很正派的人。他生得非常像您!非常像!就跟两滴水一样。简直没法分清!他是您的亲戚吗?"

医生没回答,光是发出很响的喝茶声。他嘴唇的两角微微抬起来,皱成轻蔑的笑容。他分明看不起叶果鲁希卡。

"请您告诉我,大夫,我彻底痊愈了吗?"玛鲁霞问,"我能认为我充分痊愈了吗?"

"我看是这样。我认为您已经充分痊愈了,理由是……"

医生高高地昂起头,定睛瞧着玛鲁霞,开始阐明肺炎的成因。他讲得从容不迫,咬字清楚,声调既不提高,也不降低。大家都极乐意听他讲,听得津津有味,然而可惜,这个枯燥乏味的人不善于讲得通俗,认为没有必要换个说法来迁就外行人的头脑。他好几次提到"脓肿"和"凝块状变性"之类的词。大体说来,他讲得很好,很精彩,可就是很难懂。他发表一大篇演讲,其中夹杂着许多医学术语,连一句能让听者理解的话都没说。然而这并没妨碍听众坐在那儿张开嘴巴,几乎带着崇拜的心情瞧着这个有学问的人。玛鲁霞眼睛没离开过他的嘴,把每个字都听进去了。她瞅着他,拿他的脸同她天天看见的脸暗自比较一下。

那些向她献殷勤的人,叶果鲁希卡的朋友们,每天都来拜访,惹得她腻烦,而他们那些憔悴、麻木的脸多么不同于这张有学问而又疲劳的脸!从那些酒徒和浪子的嘴里,玛鲁霞连一句好心的正经话都没听到过,他们的脸同这张冷冰冰而缺乏热情,可是聪明高傲的脸相比,简直有天壤之别啊。

"可爱的脸!"玛鲁霞暗想,欣赏着他的脸、他的声调、他的话语,"它显出多少才智,多少学识啊!为什么乔治做军人呢?他也应该做学者才是。"

叶果鲁希卡深情地瞧着医生,暗自想道:

"既然他谈学问方面的事,可见,他把我们看成有学问的人了。我们在社交场中处于这样的地位,倒也不错呢。不过刚才我胡扯了些关于柯谢奇金的话,却做得蠢极了。"

等到医生结束演讲,听众都深深地吐口气,仿佛完成了一件出色的业绩似的。

"无所不知是多么好啊!"公爵夫人叹道。

玛鲁霞站起来,仿佛打算感谢医生发表演讲似的,挨着钢琴坐下,开始弹琴。她很想跟医生谈一下,谈得深点、恳切点,音乐总是能引人谈话的。再者,她也有

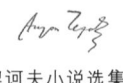

心在这个有学问的和有理解能力的人面前显一显本领。

"这是肖邦的曲子,"公爵夫人开口说,娇慵地微笑着,像贵族女子中学学生那样把两只手合在一起,"这个作品真好听!大夫,我敢夸一句口,她唱得也很好听。她是我的学生。……从前我有一副出色的嗓子呢。喏,那个女歌唱家……您知道她吗?"

这时候公爵夫人说出俄国一个著名的女歌唱家的姓。

"她对我感激不尽。……是啊。……我教过她的课!那时候她是个可爱的姑娘!她跟我那去世的公爵多少沾点亲。……您喜欢听唱吗?不过这又何必多问?谁不喜欢听唱呢?"

玛鲁霞开始弹圆舞曲的最精彩的部分,含笑回过头去看一眼。她需要从医生脸上看出她自己的演奏给医生留下什么印象。

可是她什么也没能看出来。医生的脸跟先前一样泰然自若,神情淡漠。他在很快把茶喝完。

"我喜欢这一段曲子。"玛鲁霞说。

"我跟您道谢,"医生说,"我不打算再听下去了。"

他喝下最后一口茶,站起来,拿起帽子,没有表示一丝一毫愿意把这个圆舞曲听完的意思。公爵夫人跳起来。玛鲁霞发窘,又感到委屈,就把钢琴盖上了。

"您已经要走了,"公爵夫人开口说,皱紧眉头,"您不想再喝点什么吗?我希望,大夫……这条路您现在已经走熟了。那么,以后随便哪天傍晚,过来坐坐吧。……您不要忘了我们。……"

医生点两下头,别扭地握了握公爵小姐伸过来的手,默默地走去穿他的皮大衣。

"他简直是块冰!是块木头!"公爵夫人等医生走后,开口说,"这真可怕!他连笑一笑都不会,这个木头人!你白给他弹琴了,玛鲁霞!他仿佛是单为喝茶才留下来的!一喝完就走了!"

"可是他多么有学问啊,妈妈!非常有学问!在我们这儿他能跟谁谈话呢？我没有学过什么，乔治又不爱讲话，老是不开口。……这样的学术谈话我们谈得下去吗？不行啊！"

"这就叫做平民！这就是尼基佛尔的外甥！"叶果鲁希卡说，凑着壶嘴喝奶油，"你们觉得怎样？什么合理啦，淡漠啦，主观啦……他说得可顺溜了，坏包！这算是哪家子平民？还有他那辆四轮马车！你们快来看！多么讲究！"

三个人就一齐瞧着窗外的四轮马车，车上坐着名医，身穿肥大的熊皮大衣。公爵夫人羡慕得脸都红了。叶果鲁希卡意味深长地挤了挤眼睛，打一声呼哨。玛鲁霞却没看见马车。她没有工夫看它：她在打量医生，因为他给她留下了强烈的印象。新鲜事物对谁能不起作用呢？

对玛鲁霞来说，托波尔科夫太新奇了。……

头一场雪来了，随后来了第二场，第三场。冬天拖得很久，严寒把树木冻得咔咔地响，大雪成堆，水凝成冰柱。我不喜欢冬天,也不相信那些自称喜欢冬天的人。一到冬天,街上就冷冰冰,房间里烟雾腾腾,套鞋里发潮。天气时而严酷得像个婆婆,时而阴雨连绵,像个爱哭的老处女,因此,尽管有仙境般的月夜、三套马的马车、狩猎、音乐会、舞会,冬天还是很快就惹得人厌烦。而且它也拖得太长,结果它所毒害的就不仅仅是无家可归和害痨病的人的生命而已。

普利克隆斯基公爵家的生活又照常进行。叶果鲁希卡和玛鲁霞已经完全复原,就连母亲也不再认为他们是病人。他们的景况却依然如故,无从改善。局面越来越糟,钱越来越少。公爵夫人把她所有的珍贵物品,不论是祖传的还是自己购置的,统统拿去抵押了又抵押。尼基佛尔跟先前一样,趁主人打发他到小铺里去赊买各种零星物品,就在小铺里闲谈,讲起主人家欠他三百卢布,却不想着还给他。厨师也发这样的牢骚,小铺老板出于怜悯就把自己的旧皮靴拿出来送给他。富罗夫逼债越发紧了。不管公爵家提出什么延期偿还的办法，他一概不同意，遇到公爵夫人要求他暂缓向法院提出偿债诉讼，他就出言不逊。由富罗夫带头，别的债主也吵闹不休。每天早晨公爵夫人不得不接见公证人、法庭执行吏和债主。似乎，处理破产事务的债权人会议就要举行了。

公爵夫人的枕头，跟先前一样，泪痕不干。白天公爵夫人强打精神，可是到晚上就听凭眼泪尽情地流，通宵哭泣直到天明。她无须乎走远，就可以找到痛哭的根据。那些根据就摆在面前，彰明较著，十分刺目。贫穷、随时受到侮辱的自尊心……而且是受谁的侮辱呢？无非是微不足道的小人物，例如各式各样的富罗夫、厨师、小商人等。她所珍爱的物品都送去典当了。公爵夫人割舍那些东西的时候，伤透了心。叶果鲁希卡跟先前那样过着不规矩的生活，玛鲁霞还没出嫁。……痛哭的根据还嫌少吗？前途渺茫，而且公爵夫人从渺茫的前途中窥见了险恶的幽灵。这种前途凶多吉少。人对它不能存什么指望，而只能害怕。……

邻居集

钱越来越少,可是叶果鲁希卡灌酒却越来越厉害。他拼命地灌,不顾死活,倒好像有意补上生病期间所损失的那些时间似的。他把一切东西,不管是他有的还是没有的,他自己的还是别人的,统统换酒喝掉。他沉湎在放荡生活中,肆无忌惮,恬不知耻。他不论见到什么人就开口借钱,这在他已经无所谓了。他口袋里一个钱也没有,就坐下来打牌,这在他也成了常规,至于大吃大喝而由别人花钱,坐上别人的出租马车派头十足地出外兜风,临了却不给车钱,他都不认为是罪过。他改变得很少:从前人家嘲笑他,他就生气,现在他遭到驱逐或者被人押走,只是略微有点难为情罢了。

只有玛鲁霞变了。她起了新变化,而且是极可怕的新变化。她对哥哥所抱的幻想开始破灭。不知什么缘故,她忽然觉得他不像是那种不为人赏识和不为人理解的人,而纯粹是极普通的人,同大家一样,甚至还不如他们。……她不再相信他那绝望的爱情。可怕的新变化!她一连几个钟头坐在窗前,毫无目标地瞧着街上,暗自想象哥哥的脸,竭力要在那张脸上看出一种端正而不让人失望的东西,可是她在那张没有光彩的脸上却什么也没看出来,只看到一点:他是个空虚无聊的人!没有出息的人!在她的想象里,紧挨着这张脸,还闪过他朋友们的脸,客人们的脸,用《圣经》上的话安慰人的老太婆的脸,求偶的男人的脸,以及公爵夫人本人那张哭哭啼啼、由于悲伤而变得麻木的脸,于是玛鲁霞的可怜的心痛苦得缩紧了。在这些关系亲密、为她所爱,然而渺小的人们旁边生活,是多么庸俗、没有光彩、麻木不仁,多么愚蠢、乏味、懒散啊!

她痛苦得心里发紧,此外,又有一种热烈的和离经叛道的愿望使她透不出气来。……有时候,她恨不得一走了事,可是到哪儿去呢?不消说,她想到另一个地方去,在那儿生活的人不在贫穷面前发抖,不沉湎于酒色,专心工作,不成天价同愚蠢的老太婆和醉醺醺的傻瓜闲谈。……于是,在玛鲁霞的想象里,像一枚拔不掉的钉子似的,出现一张正派而聪明的脸,她在那张脸上看到智慧,看到渊博的学识,看到疲劳。这张脸是没法忘记的。她每天都看见那张脸,而且是在最幸运的情况下,也就是在那张脸的主人正忙于工作,或者显出正忙于工作的样子的时候看见。

托波尔科夫医生每天都从普利克隆斯基家的门前急驰而过,坐着他那辆豪华的雪橇,盖着熊皮毯子,赶车的是个胖子。他的病人很多。从凌晨起他就出诊,一直忙到夜深,一天之内能够跑遍所有的街道和小巷。他坐在雪橇上就跟坐在圈椅上一样,气度庄严,昂起头,挺起胸,不看两旁。从他熊皮大衣那毛茸茸的皮领里,只露出又白又光滑的额头和一副金丝眼镜,别的什么也看不见,不过玛鲁霞能看到这些也就心满意足了。她觉得这位人类恩人的眼睛似乎透过眼镜射出冰冷、高傲、轻蔑的光芒。

"这个人有权利蔑视一切!"她暗想,"他聪明过人!而且他的雪橇多么豪华,他那些骏马多么漂亮!他过去却是农奴!必得是多么坚强有力的人,才能生下来是奴仆,而后来却成为像他这样高不可攀的人!"

只有玛鲁霞还记得医生,其余的人却已经开始忘记他,而且,要不是他做了一件使人想起他的事,人们很快就会把他忘光。他所做的那件事却未免太叫人难受。

圣诞节第二天中午,普利克隆斯基一家人都在家,前厅里胆怯地响起了门铃声。尼基佛尔走去开门。

"公爵夫人在家吗?"前厅里响起一个老太婆的声音,没等答话,就有个矮小的老太婆溜进客厅里来,"您好,公爵夫人,老人家……恩人啊!您近来可好?"

"您有什么事?"公爵夫人问,好奇地瞧着老太婆。叶果鲁希卡凑着空拳头扑哧一笑。依他看来,老太婆的头像是熟透的小香瓜,上边翘起一根小尾巴。

"您不认得我了,好太太?莫非您不记得我了?您把普罗霍罗芙娜忘了?您生小公爵就是我接的生啊!"

小老太婆就跑到叶果鲁希卡跟前,吧嗒着嘴,很快地吻他的胸口和手。

"我不懂,"叶果鲁希卡生气地嘟哝说,把手在上衣上擦干净,"那个老魔鬼尼基佛尔,把各式各样的傻瓜都放进来了。……"

"您有什么事?"公爵夫人又问一遍,她觉得老太婆身上冒出一股很浓的橄榄油气味。

老太婆在圈椅上坐下,说了一段极长的开场白,然后微微地笑,做出媚里媚气的样子(媒婆总是媚里媚气的),声明说公爵夫人有一宗货物,而她这个老太婆却有个买主。玛鲁霞脸红了。叶果鲁希卡鼻子里哼一声,发生了兴趣,往老太婆跟前走去。

"奇怪,"公爵夫人说,"这样说来,您是来说媒的吧?给你道喜,玛鲁霞,有人来向你提亲了!他是什么人呢?可以打听一下吗?"

老太婆呼呼地喘气,把手伸进胸前的衣服里,从那儿取出一块红色花布手绢。她解开手绢包上的结子,把包里的东西抖落在桌子上,于是一张照片随着一个顶针掉下来。

大家都皱了皱鼻子:那块红地黄花的手绢有烟草味。

公爵夫人拿起照片来,懒洋洋地举到眼睛跟前。

"他是个美男子,好太太!"媒婆开始说明照片上的人,"他阔绰,出身高贵。……这个人好得不得了,从不灌酒。……"

公爵夫人脸红起来,把照片递给玛鲁霞。玛鲁霞顿时脸色煞白。

"奇怪,"公爵夫人说,"要是大夫有心,那么我想,他自己就可以来。……这根本用不着找中间人嘛!……他是受过教育的人,可是想不到……是他打发您来的吗?是他本人打发的?"

"是他本人的意思。……他对你们很中意。……你们是上流人家。"

玛鲁霞忽然尖叫一声,手里捏紧照片,飞快地跑出客厅。

"奇怪,"公爵夫人接着说,"这真叫人惊讶。……我简直不知道该对您说什么好了。……我再也没料到大夫会这么办事。……他何必惊动您呢?他自己就可以到我们家里来嘛。……这样办事甚至惹得人不痛快。……他把我们看成什么人了?我们又不是什么商人家庭。……再说商人现在过日子也不按老章法了。"

"怪人!"叶果鲁希卡咕噜一句,轻蔑地看着老太婆的小脑袋。

这个退伍的骠骑兵宁可付出很高的代价,只求能让他伸出手指头去哪怕在小脑袋上只"弹"一下也好!他不喜欢老太婆,犹如大狗不喜欢小猫一样。他一瞧见小香瓜般的脑袋,简直就像狗那样兴奋起来。

"是啊,好太太,"媒婆说,叹口气,"虽说他没有公爵的爵位,不过,我可以说,好公爵夫人……您可是我们的恩人啊。哎呀,罪过,罪过!难道他不高贵?他什么样的教育都受过,又阔绰,主又赐给他各式各样的荣华富贵,圣母呀。……要是您愿意叫他上这儿来,那就照您的意思办。……他肯来的。为什么不来呢?可以来的。……"

老太婆攀住公爵夫人的肩头,把她拉过来,凑着她耳朵低声说:

"他要六万。……这是理所当然的!老婆是老婆,钱是钱嘛。您自己也明白。……他说,'我娶媳妇不能不要钱,因为她在我这儿准会得到各式各样的享受。……那她自己就得有钱。……'"

公爵夫人涨红了脸,离开圈椅站起来,她那件沉重的连衣裙沙沙地响。

"麻烦您转告大夫,就说我们都觉得奇怪极了,"她说,"我们很不痛快。……这样是不行的。此外我也没有什么话要对您说了。……你怎么不说话呀,乔治?让她走吧!这真叫人忍无可忍!"

媒婆走后,公爵夫人用手抱住头,倒在长沙发上,开始哀叫道:

"瞧,我们都活到什么地步了!"她哭道,"我的上帝啊! 一个看病抓药的郎中,下贱货,昨天的奴仆,居然到我们这儿来求婚了! 还说他高贵! ……高贵! 哈哈! 你们倒是说说看,他有哪点儿高贵! 他打发媒婆来了! 可惜你们的父亲不在! 他可不会把这种事白白放过去! 那个庸俗的傻瓜! 大老粗!"

不过使得公爵夫人抱屈的,与其说是一个平民来向她女儿求亲,倒不如说是人家向她要六万,而她没有这笔钱。只要对她的贫穷有一丁点暗示,她就感到受了侮辱。她不住哭号,一直闹到夜深,而且夜里有两次醒过来,又哭两次。

然而媒婆的来访,对任何人的影响都不及对玛鲁霞严重。可怜的姑娘像是一下子得了极厉害的热病。她四肢索索地抖,倒在床上,把滚烫的头藏在枕头底下,用尽全力解答一个问题:

"这是真的吗?!"

这个问题伤透了她的脑筋。玛鲁霞都不知道该怎么回答好了。这个问题既表现她的惊讶,也表现她的慌张,更表现她暗中的喜悦,可是不知什么缘故,她又不好意思承认她的喜悦,却要瞒过自己。

"这是真的吗?!他,托波尔科夫。……不可能!事情有点蹊跷!老太婆搞错了!"

同时那些幻想,那些最甜蜜的、心向往之的、令人心醉的幻想,那些使人头脑发热和心脏缩紧的幻想,纷纷在她头脑里活动起来,她小小的全身心沉浸在说不出的欢乐里。他,托波尔科夫,要她做他的妻子,可是要知道,他是那么庄重,漂亮,聪明!他把他的一生献给人类,而且……坐着那么华丽的雪橇!

"这是真的吗?!"

"我可以爱他!"临近傍晚,玛鲁霞做出决定,"啊,我同意!我丢开一切偏见,跟这个农奴走遍天涯海角去!哪怕母亲只说一句怪话,我也会离开她!我同意了!"

至于那些次要的和更次要的其他问题,她都没有工夫去考虑。她根本顾不上了！例如，为这件事何必派媒婆来呢？他爱上她的哪一点，而且是什么时候爱上她的？如果他爱她，他自己为什么不来？她哪里有心去管这些以及其他许多问题呢？她震动，惊讶……幸福……这在她就已经心满意足了。

"我同意！"她小声说着，竭力在想象里描绘他的脸、他的金丝眼镜以及从眼镜里往外看的他那对聪明、稳重、疲乏的眼睛，"让他来吧！我同意了。"

玛鲁霞正这样在床上翻来覆去，全身心感到幸福得发热，那个媒婆却在走访一个个商人家庭，大量散发医生的照片。她从这个富裕人家走到那个富裕人家，寻找货物，以便向"高贵的"买主推荐。托波尔科夫并没打发她专到普利克隆斯基家去。他打发她"随便到哪儿去都行"。他感到他有必要结婚，可是毫无成见：对他来说，不论媒婆到哪一家去说亲，都完全一样。……他需要的是……六万。六万，少了不行！他打算买下的那所房子，少了这笔款子就买不成。他想借这笔钱,却无处可借,想分期付款,人家又不答应。剩下来就只有一个办法:为筹钱而结婚,他果然照这样做了。确实,讲到他有心用许墨奈俄斯①的枷锁束缚自己,这跟玛鲁霞毫不相干!

晚上十二点多钟,叶果鲁希卡悄悄走进玛鲁霞的寝室里来。玛鲁霞已经脱掉衣服,竭力要睡熟。出乎意外的幸福使得她疲乏了,她的心怦怦地跳,一刻也不停,声音似乎响得整个房子里都听得见,因此她打算好歹安一安神。叶果鲁希卡脸上每条细纹里都藏着一千种秘密。他鬼鬼祟祟地咳嗽一声,意味深长地瞧着玛鲁霞,然后,仿佛打算告诉她一件极其重大而秘密的事似的,在她脚旁坐下,微微弯下腰去凑近她的耳朵。

"你知道我要跟你说什么吗,玛鲁霞?"他小声开口说,"我要开诚布公跟你谈一谈。……谈一谈我的看法什么的。……要知道,我是为你的幸福打

---

① 希腊神话中的婚姻之神。

算。……你就嫁给那个人……嫁给托波尔科夫吧!你不要装腔作势,嫁给他算了!他这个人在各方面……而且他阔绰。他出身低贱也没什么关系。你不要把这放在心上。"

玛鲁霞把眼睛闭得更紧了。她害臊。同时,她听到哥哥同情托波尔科夫,又感到很愉快。

"是啊,他阔绰!至少,人没有饭吃就活不成。你只顾等公爵和伯爵来求婚,可是说不定你什么也没等着就活活地饿死了。……要知道,我们家里连一个小钱也没有!呸!全空了!可是你睡着了还是怎么的?啊?你不说话是表示同意吗?"

玛鲁霞微微一笑。叶果鲁希卡笑出声来,而且生平第一次热烈地吻她的手。

"你就嫁给他吧。……他是受过教育的人。而且我们会过得多么好!我们的老太婆也就不会再哭哭啼啼了!"

然后叶果鲁希卡沉浸在幻想里。他幻想一阵,摇

摇头,说:

"只是有一件事我弄不懂。……他何必打发那个媒婆来呢?为什么他自己不来?这事有点蹊跷。……他不是那种打发媒婆说亲的人啊。"

"这倒是实在的,"玛鲁霞暗想,不知什么缘故打个冷战,"这也真有点蹊跷。……打发媒婆来说亲是愚蠢的。确实,这是什么意思呢?"

叶果鲁希卡素来没有推断事理的本领,可是这一回他却推断说:

"不过要知道,他自己没有工夫闲溜达。他一天到晚忙着工作。他跑来跑去,走遍病人们的家,忙得不亦乐乎。"

玛鲁霞心情安定下来,然而没有持续很久。叶果鲁希卡沉默片刻,说:

"另外还有一件事我也不懂。他吩咐那个老妖婆说明陪嫁钱至少要六万。你听见了吗?她说:'要不然就不行。'"

玛鲁霞忽然睁开眼睛,周身打个冷战,急忙起来,坐好,甚至忘记用被子盖上肩膀。她的眼睛开始发亮,脸颊发红。

"这话是老太婆说的?"她拉住叶果鲁希卡的手说,"你对她说:这是胡扯!像那样的人,也就是说,像他那样的人……不可能说这种话。他……要钱?!哈哈!只有不知道他多么骄傲、多么正直、多么不爱财的人,才会怀疑他有这种卑鄙的想法!是啊!他是个优秀无比的人!人们不想了解他!"

"我也这样想,"叶果鲁希卡说,"老太婆满嘴胡说。大概,她是有意巴结他。她在商人家里搞惯这一套了!"

玛鲁霞肯定地点点头,然后把头钻到枕头底下去。叶果鲁希卡站起来,伸个懒腰。

"母亲在哭,"他说,"哎,我们不要管她了。那么,就这样说定了?你同意了?那才好。你用不着装腔作势了,就做医生太太吧。……哈哈!医生太太!"

叶果鲁希卡拍拍玛鲁霞的脚底,心里很满意,从她寝室里走出去。临到他躺下睡觉,头脑里就开了个很长的名单,列举他约来参加婚礼的客人们。

"香槟酒要在阿包尔土霍夫商店里买,"他一面想,一面昏昏睡去,"冷荤菜要在柯尔恰托夫商店里买。……它那儿的鱼子新鲜。……嗯,龙虾也新鲜。……"

第二天上午,玛鲁霞穿得朴素而雅致,坐在窗前等着,不免带点娇媚的神态。十一点钟,托波尔科夫坐着雪橇急驰而过,可是没登门拜访。中饭后,他又一次坐着由几匹黑马拉着的雪橇在窗前急驰而过,不但没登门拜访,甚至没看一眼窗子,玛鲁霞却在窗旁坐着,头发上系着粉红色丝带。

"他没有工夫,"玛鲁霞一面暗想,一面打量他,"到星期日他就会来了。……"

然而就连星期日他也没来。过一个月他仍旧没来,过了两个月,三个月,他始终没来。……他,不消说,根本没想起普利克隆斯基家,可是玛鲁霞在等他,等得人都瘦了。……有些不同寻常的猫,生着黄色的长爪子,抓挠她的心。

"他怎么不来?"她问自己,"什么缘故呢？啊……我知道了。……他生气了,因为……因为什么缘故他生气呢？因为妈妈对老媒婆很不客气。他现在认为我不可能爱他。……"

"畜生!"叶果鲁希卡嘟哝道。他已经到阿包尔土霍夫商店里去过十来次,问他们能不能在他们那儿定购最上等的香槟酒。

三月底复活节过后,玛鲁霞不再等他了。

有一次叶果鲁希卡走进她的寝室里,恶毒地放声大笑,通知她说,她的"求婚人"同一个商人家的女儿结婚了。……

"我荣幸地给你道喜！真是荣幸！哈哈哈!"

这个消息对我那娇小的女主人公来说太残酷了。

她灰心丧气。她不是一天,而是一连几个月成为无法形容的悲愁和绝望的化身。她从头发上揪掉粉红色丝带,痛恨生活。然而人的感情是多么偏袒,多么不公平啊!玛鲁霞就是到这时候也还能为他的行动找出理由来。她没有白读那许多长篇小说,因为在那些小说里,人们嫁娶往往只是故意气一气他们所爱的人,要叫他们明白,叫他们难堪,叫他们伤心而已。

"他娶那个傻女人就是故意气人,"玛鲁霞暗想,"啊,他来求亲,我们却用那么一种侮辱的态度对待,这做得太不对了!像他这样的人是忘不了侮辱的!"

她脸颊上健康的红晕消失,嘴唇再也不抿出笑容来,头脑再也不去幻想未来,总之,玛鲁霞变得呆头呆脑了!她觉得,对她来说,她的生活目标也跟托波尔科夫一起化为乌有了。从今以后,既然她注定只能跟那些蠢货、寄生虫、酒徒来往,那么活着还有什么意思呢?她开始心情忧郁。她什么也不注意,什么也不在心上,什么人讲话都不理会,只是糊里糊涂地过一种枯燥无味和没有光彩的生活,我们的处女,不论是年老的还是年轻的,都很善于过这样的生活。……她不去注意那些为数众多的求亲的男人,也不去注意她的亲人和熟人。她对困窘的家庭景况漠不关心,置之度外。她甚至没注意到银行已经把普利克隆斯基家的房子连同一切历史悠久而且使她感到亲切的家具什物一齐卖掉,她不得不搬到一个简陋便宜而具有小市民风格的新居里去住。那是漫长的昏睡,然而倒也不缺少梦境。她梦见托波尔科夫以各种形式出现:他时而坐在雪橇上,时而穿着皮大衣,时而没穿皮大衣,时而坐着,时而气度庄严地走着。她的全部生活都变成梦了。

然而一声雷响,睡梦从她天蓝色的眼睛里,从她亚麻色的睫毛上飞走了。……她的母亲,公爵夫人,经不起倾家荡产,在新居里生了病,死了,临终为孩子们祝福,留下几件连衣裙,此外再也没有给子女留下别的东西。她的死亡,对公爵小姐来说,是可怕的灾难。睡眠飞走,让位给悲伤了。

三

秋天来临,跟去年的秋天一样潮湿,一样泥泞。

外边是阴雨连绵的早晨。深灰色的云仿佛涂满泥浆似的,密密层层,遮蔽天空,停在那儿不动,惹得人发愁。似乎太阳不存在了,它整整一个星期没出来照一次大地,倒好像生怕稀泥会染污它的光芒似的。……

雨点特别猛烈地敲打窗子。风在烟囱里痛哭,哀叫,活像失去了主人的狗。……简直看不到哪张脸上不流露出绝望的烦闷神情。

就连最绝望的烦闷也比那天上午玛鲁霞脸上露出的走投无路的悲哀好得多。我的女主人公正踏着泥浆,往托波尔科夫医生家里慢慢走去。为什么她去找他呢?

"我去看病!"她想。

可是,不要相信她,读者诸君!她脸上不是平白无故露出内心斗争的神情的。

公爵小姐走到托波尔科夫家门口,心里发紧,胆怯地拉一下门铃。过一分钟,门里边响起脚步声。玛鲁霞觉得两条腿僵了,要弯下去。门扣咔哒一响,玛鲁霞看见面前出现一个使女,长得很不错,脸上带着疑问的神情。

"大夫在家吗?"

"他今天不看病。明天来!"使女回答说,由于湿气迎面扑来而发抖,往后倒退一步。大门就在玛鲁霞鼻子跟前砰的一声关上,震颤着,门扣咔哒一声又扣上了。

公爵小姐很难为情,懒洋洋地走回家去。家里正有一场戏等着她免费去看,不过那样的戏她早已看腻了。那样的戏绝不是公爵家里所应有的!

叶果鲁希卡公爵在小小的客厅里,坐在蒙着光滑的新花布的长沙发上。他学土耳其人的样子坐在那儿,两条腿盘在身子底下。他的女朋友卡列丽雅·伊凡诺芙娜在他身旁地板上躺着。两个人玩"鼻子"游戏,喝酒。公爵喝啤酒,他的情人喝马德拉葡萄酒。赢的一方,除了有权利打对方的鼻子以外,还可以得到一枚二十戈比银币。卡列丽雅·伊凡诺芙娜既是女人,就由对方做出小小的让步,不必付出二十戈比银币,用接吻来折合。这种游戏使得两个人说不出地高兴。他们笑得前仰后合,你拧我一把,我拧你一把,随时从自己的位子上跑开,互相追逐。叶果鲁希卡赢了,就像牛犊似的欢蹦乱跳。卡列丽雅·伊凡诺芙娜输了就接吻,她那种半推半就的样子总是引得叶果鲁希卡神魂颠倒。

卡列丽雅·伊凡诺芙娜每天都到叶果鲁希卡家里来。她是高而且瘦的黑发女人,眉毛非常黑,眼睛像虾一般凸出。她总是上午九点多钟来到普利克隆斯基家里,在他们这儿喝早茶,吃中饭,用晚饭,夜里十二点多钟离开。叶果鲁希卡口口声声对妹妹说,卡列丽雅·伊凡诺芙娜是歌唱家,她是很可敬的女人,等等。

邻居集

"你跟她谈一谈!"叶果鲁希卡劝妹妹说,"她是聪明女人!聪明透顶啊!"

尼基佛尔,依我看来,却说得比较正确,他管卡列丽雅·伊凡诺芙娜叫骚娘儿们和骑兵·伊凡诺芙娜①。他满心痛恨她,遇到不得不伺候她的时候,总是不由得冒火。他看出了真相,这个年老忠心的仆人的本能告诉他说,那个女人不配在他主人的周围。……卡列丽雅·伊凡诺芙娜愚蠢、无聊,然而这没有妨碍她每天总是肚子胀得饱饱地走出普利克隆斯基家门,口袋里装满赢来的钱,相信他们缺了她就活不下去。她其实是俱乐部台球记分员的妻子,如此而已,然而这没妨碍她成为普利克隆斯基家十足的女主人。这头母猪喜欢把两只脚放在桌子上。

玛鲁霞靠抚恤金活着,那是她在父亲死后领到的。她父亲的抚恤金比普通的将军该得的多。可是玛鲁霞

---

① 在俄语中,"骑兵"和"卡列丽雅"读音相近。在此,"骑兵"借喻"轻浮的人"。

名下所得的那份却很少。然而,要不是叶果鲁希卡那么任性挥霍,那份钱原也够维持温饱的生活了。

他不愿意,也不会工作。他不愿意相信他穷,如果人家叫他迁就家里的景况,尽量不要乱花钱,他就会暴跳如雷。

"卡列丽雅·伊凡诺芙娜不喜欢吃小牛肉,"他不止一次对玛鲁霞说,"应当给她做烤子鸡。鬼才知道你们是怎么回事!又要当家,又不会当家!明天万万不能再做这种无聊的小牛肉!我们会把这个女人活活饿死!"

玛鲁霞略微顶撞他几句,可是为了避免发生误会,还是买了子鸡。

"为什么今天没有烤菜?"有时候叶果鲁希卡叫道。

"因为昨天我们吃过子鸡了。"玛鲁霞回答说。

然而叶果鲁希卡不大懂得当家的算术,而且一点也不想弄懂。他坚决要求吃饭的时候要为他准备啤酒,为卡列丽雅·伊凡诺芙娜准备葡萄酒。

"一顿像样的饭能缺酒吗?"他耸耸肩膀,问玛鲁霞说,对人的愚蠢感到惊讶,"尼基佛尔!一定要有酒!你的事就是管这些嘛!你呢,玛鲁霞,应该害臊才是!莫非要我自己来当家不成!你们多么喜欢惹得我冒火!"

他是谁也管不了的大少爷!不久卡列丽雅·伊凡诺芙娜也来帮他的忙。

"给公爵预备酒了吗?"她看见要开饭了,问道,"啤酒在哪儿?那就得跑一趟,去买啤酒!公爵小姐,您给仆人钱,叫他去买啤酒!您有零钱吗?"

公爵小姐说有零钱,就把手边剩下的一点钱统统拿出去。叶果鲁希卡和卡列丽雅又吃又喝,却没看见玛鲁霞的表、戒指、耳环,一件跟着一件送进当铺,她那些贵重的连衣裙也陆续卖给旧货商人了。

他们没看见,也没听见玛鲁霞向年老的尼基佛尔借明天的菜钱,那个仆人怎样噘着喉咙,嘴里嘟嘟哝哝,打开他的箱子。这两个庸俗而麻木的人,叶果鲁希卡和他那出身低贱的女人,根本就不管这套!

第二天上午九点多钟,玛鲁霞动身到托波尔科夫家里去。给她开门的又是那个长得很不错的使女。她把公爵小姐让进前堂里,帮她脱掉大衣,然后叹口气说:

"您一定知道吧,小姐?大夫看病至少要收五卢布。这您是知道的。"

"她对我说这话是什么用意?"玛鲁霞暗想,"多么无礼!他,可怜的人,却不知道他用了这么无礼的女仆!"

同时玛鲁霞的心有点发紧:她口袋里只有三卢布。他总不至于因为少了区区两卢布就把她赶出去吧。

玛鲁霞从前堂走到候诊室里,那儿已经坐着许多病人。渴望治好病的,不消说,大多数都是女人。她们占据了放在候诊室里的所有家具,三个一群、五个一伙地坐在那儿谈天。她们谈得极热闹,而且无所不谈:谈天气,谈疾病,谈大夫,谈孩子……她们大声讲话,扬声大笑,就像在自己家里一样。有几个女人一面等着看病,一面打毛线,做女红。在候诊室里,穿得朴素和很差的人是没有的。托波尔科夫在隔壁房间里诊病。人们按次序走到他的房间里去。走进去的人都脸色发白,神情严肃,微微有点发抖,可是临到从他那儿走出来,却脸色发红,冒汗,就像在教堂里刚行过忏悔礼,或者从身上卸掉一种力不胜任的重负,不由得暗自庆幸似的。托波尔科夫为每个病人至多只用十分钟。大概她们的病都不重吧。

"这一切多么像是庸医骗钱!"玛鲁霞要不是在想自己的心事,就会这样想。

玛鲁霞最后一个走进医师的诊室,那儿到处都堆着书,书脊上印着德语和法语书名。她走进去,索索地发抖,像是浸进凉水里的母鸡。他站在房间中央,左手扶着写字台。

"他多么漂亮啊!"他的女病人头脑里首先闪过这

个想法。

托波尔科夫从没装出过神气活现的样子,再者,他也不见得有装模作样的本事,然而他平时的一切姿态,不知怎么都显得特别威严。玛鲁霞这一回见到的他那姿态,使她联想到画家画伟大的统帅而雇用的模特儿的威严。他一只手扶着桌子,手旁边放着他刚从女病人手里收下的十卢布钞票和五卢布钞票。桌子上还特别整齐地放着些工具、器械、试管,这些东西对玛鲁霞来说都极难于理解,极"富于学术气息"。那些东西,再加上这个设备豪华的诊室,使得威严的画面越发威严了。玛鲁霞关上身后的门,站住。……托波尔科夫伸出手来指了指圈椅。我的女主人公文静地走到圈椅跟前坐下。托波尔科夫威严地摇晃着身子,在她对面另一把圈椅上坐下,睁着疑问的眼睛盯住玛鲁霞的脸。

"他不认识我了!"玛鲁霞暗想,"要不然他就不会沉默。……我的上帝啊,他为什么不说话?哎,我该从哪儿讲起呢?"

"怎么样?"托波尔科夫咕噜一句。

"有点咳嗽。"玛鲁霞喃喃地说,而且,仿佛为了证实她的话似的,咳了两声。

"很久了吗?"

"有两个月了。……夜里厉害点。"

"嗯。……发烧吗?"

"不,好像没发过烧。……"

"您,似乎,在我这儿看过病吧?以前您得过什么病?"

"肺炎。"

"嗯。……对,我想起来了。……您似乎姓普利克隆斯基吧?"

"对了。……那一回我哥哥也病了。"

"请您吃这种药粉……睡觉以前吃……要避免着凉。……"

托波尔科夫很快地写下处方,站起来,做出原来那种姿势。玛鲁霞也站起来。

"另外没有什么病吗?"

"没有什么了。"

托波尔科夫定睛瞧着她。他瞧着她,又瞧着房门。他忙得很,等着她走出去。她却站在那儿,看着他,欣赏他,等着他会对她说些什么话。他多么好看啊!在沉默中过了一分钟。最后她打个哆嗦,看出他有张嘴打呵欠的意思,他眼睛里露出等她出去的神情,就递给他一张三卢布钞票,回转身向房门口走去。医生把钱丢在桌子上,等她走后关上房门。

玛鲁霞从医生家里出来,走回家去,心里非常生气:

"哎,我为什么不跟他说话呢?为什么?我胆小,就是这么回事!弄出这样的结果,未免太荒唐。……光是空打搅他一场。为什么我把该死的钱捏在手里,好像要显一显阔气似的?钱是很微妙的东西啊。……求上帝保佑吧!我可能得罪人了!给他钱,应当做到神不知鬼不觉才对。哎,我为什么不说话呢?……那他就会对我讲起来,解释清楚。……那就可以弄明白为什么他打发媒婆来了。……"

玛鲁霞回到家里,在床上躺下,把头藏在枕头底下,每逢她心情激动,她总是这样做。然而这也没能使她定下心来。叶果鲁希卡走进她的房间,开始从这个墙角走到那个墙角,皮靴踩着地板嘎吱嘎吱地响。

他的脸色鬼鬼祟祟。……

"你有什么事?"玛鲁霞问。

"啊啊。……我当你睡着了,不想惊动你。我要告诉你一个消息……很愉快的消息。卡列丽雅·伊凡诺芙娜愿意在我们这儿住下了。是我把她请来的。"

"这不行!不能这么办!① 你把个什么人请来了?"

"为什么不行呢?她很好嘛。……她会帮你料理家务。我们可以叫她住在拐角上那个房间里。"

---

① 原文为法语。

"妈妈就是在拐角上那个房间里去世的。这不行!"

玛鲁霞扭动身子,索索地抖,好像有谁刺痛她似的。她脸颊上泛起红晕。

"这不行!要是你逼着我跟那个女人一起生活,乔治,那你就要了我的命!亲爱的,乔治,别这样!别这样!我亲爱的!喏,我求求你了!"

"咦,她有哪点儿惹得你不喜欢呢?我不懂!她跟别的女人一样嘛。……她又聪明,又快活。"

"我不喜欢她。……"

"哦,可是我喜欢她。我爱那个女人,而且要她跟我住在一块儿!"

玛鲁霞哭起来。……由于绝望,她那苍白的脸变了样。……

"要是她在这儿住下,我就会死掉。……"

叶果鲁希卡轻声吹着口哨,来回走一阵,然后从玛鲁霞房间里走出去。过一分钟,他又进来了。

"借给我一个卢布。"他说。

玛鲁霞给他一个卢布。她得设法减轻叶果鲁希卡的悲伤才行,依她看来,目前他心里正发生可怕的斗争,他对卡列丽雅的爱正在跟他的责任感相持不下!

傍晚,卡列丽雅来看公爵小姐。

"您为什么不喜欢我呢?"卡列丽雅拥抱公爵小姐,问道,"要知道,我是个不幸的人!"

玛鲁霞挣脱她的拥抱,说:

"您没有什么可以使我喜欢的地方!"

可是她为这句话付出了很高的代价!不出一个星期,卡列丽雅就搬进她妈妈去世前所住的房间里,这个女人认为首先必须为那句话报仇。她选择最粗鲁的报复方法。

"您干吗这样装腔作势?"她每次吃饭都问公爵小姐说,"您既穷成这样,那就用不着再装腔作势,见着好人应该鞠躬才是。要是我早知道您有这样的缺点,我就不会搬到您这儿来住了。再者,我又何必爱上您哥哥呢?!"她补充说,叹口气。

她对玛鲁霞的贫穷发出种种责难、暗示、微笑,最后竟然哈哈大笑。叶果鲁希卡对这种讪笑满不在乎。他认为自己对不起卡列丽雅,只好听其自然。可是台球记分员的妻子,叶果鲁希卡的情妇,却用这种极其愚蠢的讥笑毒害了玛鲁霞。

每到傍晚,玛鲁霞就到厨房里去坐着,那么狼狈,软弱,迟疑不决,不住地把眼泪滴在尼基佛尔的大手心上。尼基佛尔就陪着她呜咽,向她追述往事,可是对往事的回忆却加深她的创伤。

"上帝会惩罚他们!"他安慰她说,"您不要哭了。"

冬天,玛鲁霞再一次到托波尔科夫家里去。

她走进他的诊室,他正坐在圈椅上,仍然同先前一样英俊而威严。……这一次他的脸容十分疲劳。……他的眼睛眨个不停,没有工夫睡觉的人总是这样。他眼睛没看玛鲁霞,光是用下巴指一下对面的圈椅。她坐下来。

"他脸上有悲哀的神情,"玛鲁霞瞧着他,暗想,"他大概跟商人的女儿一起过得很不幸福吧!"

他们默默无言地对坐一分钟。啊,她会多么津津有味地对他诉说她的生活呀!她会对他讲许许多多话,那是他在任何印有法语和德语书名的书里都读不到的。

"我咳嗽。"她小声说。

医师瞥了她一眼。

"嗯。……发烧吗?"

"是的,每到傍晚就发烧。……"

"夜里出汗吗?"

"出汗。……"

"那您脱掉衣服。……"

"怎么?"

托波尔科夫做出不耐烦的手势,指指自己的胸口。玛鲁霞涨红脸,慢慢解开胸前的纽扣。

"请您脱掉衣服。快点,劳驾!……"托波尔科夫说,伸手拿过小锤子来。

玛鲁霞从衣袖里抽出一条胳膊。托波尔科夫很快地走到她跟前,伸出熟练的手,一刹那间把她的连衣裙脱到腰部。

"解开衬衫!"他说道,没等玛鲁霞自己动手做这件事,就亲自解开她衬衫衣领上的纽扣,然后,使得他的女病人大为惊恐的是,他拿起小锤子开始在她那消瘦的白胸脯上敲敲打打。……

"您把手放下去。……不要碍我的事。我不会把您吃掉。"托波尔科夫嘟哝道。她就涨红脸,恨不得钻进地里去才好。

托波尔科夫敲打一阵,开始听诊。她左肺尖的声音很浊。可以清楚地听见嘶嘶响的杂音和不顺畅的呼吸声。

"穿好衣服吧。"托波尔科夫说,开始向她提出问题:她的住处可好,她的生活方式是否正常,等等。

邻居集

"您必须到萨马拉①去,"他对她发表一大篇关于正规生活方式的演讲以后,说,"您要到那儿去喝马奶②。我说完了。您可以走了。……"

玛鲁霞好歹扣上纽扣,别扭地递给他五卢布,略为站一会儿,就从充满学术气味的诊室里走出去。

"他足足留了我半个钟头,"她在走回家的路上暗想,"可是我没说话!没说话!为什么我不跟他谈一谈呢?"

她走回家去,脑子里想的却不是萨马拉,而是托波尔科夫医生。她到萨马拉去干什么?不错,那儿没有卡列丽雅·伊凡诺芙娜,然而另一方面,那儿也没有托波尔科夫呀!

去他的吧,那个萨马拉!她一边走,一边生气,同时却又扬扬得意:他已经承认她是病人,那么从今以后,她就不必拘礼,自管到他那儿去,爱去多少次就去

---

① 俄国城名,曾改名古比雪夫市,现已恢复旧名。
② 马奶有医疗肺结核的功效。

多少次，哪怕每个星期都去也未尝不可！他的诊室里那么好，那么舒适！特别好的是放在诊室深处的长沙发。她很想跟他一块儿坐在那张长沙发上，谈各式各样的事情，诉一诉她的苦处，劝他对病人不要收费太贵。对富人，不消说，倒可以而且应该收费贵，可是对穷病人就得打折扣才对。

"他不了解生活，分不清富人和穷人，"玛鲁霞暗想，"我能教会他！"

这一回，家里又有一出免费的戏等着她去看。叶果鲁希卡在长沙发上躺着，发了癔症。他又哭又骂，身子颤抖，好像发高烧似的。眼泪顺着他的醉脸淌下来。

"卡列丽雅走了！"他哭道，"她已经有两夜没在家里睡了！她生气了！"

可是叶果鲁希卡白哭一场。傍晚，卡列丽雅又来了，原谅他，带着他一块儿到俱乐部去了。

叶果鲁希卡的放荡生活达到了顶峰。……玛鲁霞的抚恤金不够他用，他就开始"工作"。他向仆人借

邻居集

钱,靠打牌舞弊来骗钱,偷玛鲁霞的钱和物品。有一回他同玛鲁霞并排走路,从她口袋里摸走两卢布,那是她积攒起来为自己买鞋用的。他留下一个卢布自己用,另一个卢布给卡列丽雅买梨吃。熟人们纷纷躲开他。普利克隆斯基家旧日的客人们,玛鲁霞的朋友,现在都当着他面叫他"骗钱的爵爷"。甚至临到他向新朋友借到钱,约请花卉饭店的"姑娘们"一块儿吃晚饭,姑娘们也怀疑地瞧着他,讪笑他。

玛鲁霞看见这种放荡生活的顶峰,明白了。……卡列丽雅的放肆也在不断增长①。

"您别翻我的衣服,劳驾。"玛鲁霞有一回对她说。

"翻一下您的衣服也没什么要紧,"卡列丽雅回答说,"如果您认为我是贼,那就……随您的便。我走就是。"

叶果鲁希卡就痛骂妹妹,在卡列丽雅脚旁足足跪

---

① 原文为意大利语。

一个星期,求她不要走掉。

然而这样的生活不能持续很久。一切小说都有个结局,就连这篇短短的小说也要结束了。

谢肉节①来了,随后就来了预报春天降临的日子。白昼变长,房檐滴水,从野外吹来清新的空气,您呼吸着那样的空气,就感到春意了。……

谢肉节期间一天傍晚,尼基佛尔在玛鲁霞的床边坐着。……叶果鲁希卡和卡列丽雅不在家里。

"我在发烧,尼基佛尔。"玛鲁霞说。

尼基佛尔呜呜地哭,向她追述往事,可是对往事的回忆却加深她的创伤。……他讲起老公爵,讲起公爵夫人,讲起他们的生活。……他描绘去世的公爵打过猎的树林,描绘公爵追捕过兔子的原野,描绘塞瓦斯托波尔②。在塞瓦斯托波尔,去世的公爵在战争中负过伤。尼基佛尔讲了许许多多。玛鲁霞特别喜欢听他讲

---

① 基督教节日,在冬季,大斋前的一个星期。
② 俄国南部的一个港口。

旧日的庄园,五年前它已经卖掉抵债了。

"那时候我常到阳台上去。……春天开始了。我的上帝啊!眼睛简直一刻也离不开上帝的世界!树林仍然是黑的,可是那儿已经发散出愉快的气息!那条小河真招人爱,水深得很。……您的妈妈年轻的时候常去钓鱼。……她成天价在河边站着。……她老人家喜欢待在露天底下。……大自然啊!"

尼基佛尔讲来讲去,声音都哑了。玛鲁霞一直听他讲,不肯让他离开。她在老仆人脸上仿佛看到他对她讲的她父亲、母亲、庄园的种种情形。她听着,瞅着他的脸,不由得想活下去,想幸福,想在她母亲钓过鱼的河里钓鱼。……那条河对面是原野,过了原野是颜色发青的树林,太阳亲切地照耀着这一切,那么温暖。……活着真是好啊!

"亲爱的,尼基佛尔,"玛鲁霞握紧他的干瘪的手说,"好人。……明天借给我五卢布吧。……这是最后一次。……行吗?"

"行。……我也只有五卢布了。您拿去吧,求上帝保佑您。……"

"我会还给你的,好人。你借给我吧。"

第二天上午,玛鲁霞穿上最好的连衣裙,头发上扎着粉红色丝带,往托波尔科夫家里走去。她走出家门以前,照了十来次镜子。在托波尔科夫家的前堂里,一个新来的使女迎接她。

"您知道吗?"新使女帮玛鲁霞脱掉大衣,问她说,"大夫看病至少要收五卢布。……"

这一次候诊室里女病人特别多。所有的家具上都有人坐。有个男人甚至坐在钢琴上。十点钟诊病开始。十二点钟,医生停止诊病,开始动手术。下午两点钟,他又开始诊病。一直到下午四点钟才轮到玛鲁霞。

她一直没喝茶,等得很疲乏,由于发烧和激动而周身发抖,竟然没有留意到她自己是怎样在医生对面圈椅上坐下的。她头脑里有点空荡荡,嘴里发干,眼睛上蒙着一层雾。透过那层雾,她只看见东西闪来闪去。……他的头时隐时现,胳膊和小锤子也时隐时现。……

"您到萨马拉去过吗?"医生问她说,"为什么您没去呢?"

她一句话也没回答。他敲一阵她的胸脯,然后听诊。她的左肺尖的浊音已经扩大范围,几乎整个肺部都有。连她的右肺尖上也可以听出浊音了。

"您不必到萨马拉去了。您别出门。"托波尔科夫说。

玛鲁霞隔着那层雾在他冷漠严肃的脸上看出一种近似怜悯的神情。

"我不去。"她小声说。

"您要告诉您的父母,不要叫您到露天底下去。您要避免吃难消化的粗食。……"

托波尔科夫开始叮嘱各种事情,讲得娓娓不倦,发表了一大篇演讲。

她坐在那儿,什么也没听见,透过那层雾瞧着他一张一合的嘴唇。她觉得他讲得太久了。最后他停住嘴,站起来,眼睛盯着她,等着她走。

她没走。她喜欢坐在那把舒适的圈椅上,害怕回家,害怕见到卡列丽雅。

"我说完了,"医生说,"您可以走了。"

她扭过脸来对着他,瞧他。

"不要把我赶走!"医生如果略微懂得察言观色,就会在她眼睛里读到这样一句话。

她眼睛里掉下大颗泪珠,胳膊无力地垂在圈椅两旁。

"我爱您,大夫!"她小声说。

由于内心燃起烈火,她脸上和脖子上泛起了红霞。

"我爱您!"她又一次小声说。她的头摇晃两下,无力地垂下来,额头碰到桌子。

那么医生呢?医生……行医这么多年以来,头一次涨红脸。他的眼睛开始眨巴,就像顽皮的男孩被人罚跪一样。他一次也没听到过任何女病人说这样的话,而且是用这样的方式！没有一个女人对他说过这话！莫非他听错了？

他的心不安地翻腾,怦怦地跳起来。……他窘得不住咳嗽。

"米科洛沙!"隔壁房间里响起一个说话声,他那出身于商人家庭的妻子在半开着的房门口露出两个粉红色脸颊。

医生利用那声喊叫,很快地走出诊室。他巴不得找个借口,只要能摆脱这种别扭的局面就成。

过十分钟,他走进诊室里来,玛鲁霞已经躺在长沙发上。她仰面朝天躺在那儿。一条胳膊同一绺头发一起,垂到地板上。玛鲁霞已经不省人事。托波尔科夫红着脸,心跳着,悄悄走到她跟前,解开她衣服上的带子。他扯掉一个领钩,自己也没觉得就把她的连衣裙撕开了。不料连衣裙所有的皱边里、线缝里、角落里掉下许多东西来,落在长沙发上,那是他的处方、他的名片、他的照片。……

医生往她的脸上喷水。……她睁开眼睛,用胳膊肘撑起身子,瞧着医生,沉思不语。她心里在问:我是在哪儿啊?

"我爱您!"她认出医生,呻吟道。

她的目光充满热爱和祈求,停在他脸上。她那神情像是受了枪伤的小野兽。

"我该怎么办呢?"他问道,不知道怎么办才好。……他问话的声音,依玛鲁霞听来,不像他往日的声音,不那么平稳,咬字不那么清楚,而是柔和,几乎可以说是温柔了。……

她的胳膊肘发软,支撑不住,头就倒在长沙发上,可是眼睛仍然凝神瞧着他。……

他在她面前站着,在她眼睛里看出祈求的神情,感到他处境极其可怕。他的心在胸膛里怦怦地跳,头脑里出现一种以前从没发生过的、生疏的情况。……千百种往事的回忆,不请自来,纷纷在他发热的头脑里活动。这些回忆是从哪儿来的?莫非是那对充满热爱和祈求的眼睛招引来的？

他想起他的幼年时代，想起他怎样擦亮老爷家里的茶炊。除了擦茶炊和后脑勺挨打外，他的记忆里又闪过那些男恩人和穿着厚大衣的女恩人，闪过宗教小学，主人家因为他有一条"好嗓子"就把他送去上学了。在宗教小学里，他挨过不少打，吃的是搀沙子的稀粥，后来宗教小学又换成宗教中学。在宗教中学里，他学拉丁语，常常挨饿，幻想，读书，同掌管校务的神甫的女儿恋爱。他还想起他怎样违背恩人们的心意，逃出宗教中学而进了大学。他逃跑的时候，口袋里连一个小钱也没有，脚上穿着破靴子。那次逃跑多么有意思！到了大学里，他为读书而挨饿受冻。……艰难的道路啊！

最后他胜利了，用他的额头打通一条通到生活去的隧道，走完那条隧道，然后……喏，他精通他的业务，读很多书，工作很忙，准备夜以继日地干下去。……

托波尔科夫斜起眼睛，瞧着那些胡乱地放在他桌上的十卢布和五卢布钞票。他还想起那些太太和小姐,钱就是刚才从她们手里收下的。于是他脸红了。……难道他走完那条辛苦的道路完全是为了五卢布钞票和太太小姐们吗?是的,完全是为了这些。……

在回忆的压力下,他威严的身材变得瘦小,傲慢的气概消失,光滑的脸上现出皱纹来了。

"我该怎么办呢?"他瞧着玛鲁霞的眼睛,又一次小声说。

他在那对眼睛面前感到羞愧。

如果她问一句,你在行医的整个时期都做了什么,得到什么,那该如何答对呢?

只有五卢布和十卢布钞票,别的一无所有!为了挣钱,他把科学、生活、安宁,统统献出去了。那些钱给了他公爵府般的住宅、考究的桌子、马车,一句话,给了他种种所谓的舒适。

托波尔科夫想起他在宗教中学时代的"理想"以及大学时代的幻想,于是眼前这些蒙着贵重丝绒的圈椅和长沙发,这些铺满地毯的地板,这些烛架,这个值三百卢布的时钟,在他心目中就统统变成一摊可怕而黏稠的污泥了!

他走上前去,把玛鲁霞从她躺着的污泥里抱起来,连胳膊带腿一齐举得高高的。……

"你不要躺在这儿!"他说着,转过身去离开长沙发。

仿佛为了对这个举动表示感激似的,她那美丽的亚麻色头发像瀑布似的倾泻到他的胸口上。……他的金丝眼镜旁边闪着一对陌生的眼睛。而且是什么样的眼睛!简直使人情不自禁,想伸出手指头去摸一下!

"给我一点茶喝!"她小声说。

第二天,托波尔科夫同她一起在头等车厢一个单间里坐着。他正把她送到法国南部去。这个奇怪的人!他知道她已经没有痊愈的希望,这一点他知道得很清楚,就像他知道他的五个手指头一样,可是他仍然

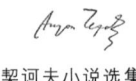

把她送去。……一路上,他敲打,听诊,问话。他不肯相信他的学识,在她的胸脯上敲敲打打,听来听去,用尽全力想找出哪怕一丁点的希望来!

讲到金钱,昨天他还那么热心地积攒,如今在路上,却大把大把地花出去。

现在他情愿献出一切,只求在姑娘的哪怕一个肺叶上听不出那该死的杂音就行!他和她那么殷切地想活下去!对他们来说,太阳已经升起来,他们在等候白昼到来。……可是太阳没有把他们从黑暗里救出来,而且……晚秋天气开不出花来了!

公爵小姐玛鲁霞,在法国南部连三天都没有住满就死了。

托波尔科夫从法国归来,仍然像以前一样生活。他像以前那样给太太小姐们看病,积攒五卢布钞票。不过在他身上也可以看出一点变化。他跟女人讲话,总是往旁边看,往空地方看。……不知什么缘故,他看着女人的脸,心里就觉得害怕。……

叶果鲁希卡活着,而且健康。他已经抛弃卡列丽雅,如今住在托波尔科夫家里。医生把他接到家里来,对他十分爱护。叶果鲁希卡的下巴使他联想到玛鲁霞的下巴,因此他容许叶果鲁希卡拿他那些五卢布钞票去饮酒作乐。

叶果鲁希卡很满意。

两 个 乱 子

"等一等,见鬼!要是这些唱男高音的公山羊再唱得不搭调,我走掉就是!要瞧着乐谱,红头发姑娘!您,红头发姑娘,右边第三个!我在跟您说话!您要是不会唱歌,何必带着您那种乌鸦叫的呱呱声跑到舞台上来?从头唱起!"

他这样嚷着,用指挥棒啪啪响地敲打总乐谱。这些头发蓬松的指挥先生不论怎么发脾气,却往往能得到原谅。而且不这样也不行。要知道,如果他大喊见鬼,骂人,扯自己的头发,那他是在捍卫神圣的艺术,对于艺术是谁也开不得玩笑的。他小心戒备着；要不是他，演员们岂不是会唱出那些可憎的半音，不时搅乱而且破坏和声吗？他总是保护和声，为它不惜绞死全世界的人，连他自己也情愿去吊死。谁也不能对他生气。如果他是为自己打算，那就是另一回事了！

他那种痛心疾首、怒不可遏的火气，多一半是对右边第三个红头发姑娘发作的。他恨不得把她吞下肚去，叫她陷进地里去，把她打得死去活来，扔出窗外去才好。她比所有的人都容易荒腔走板，因此她，这个红头发姑娘，是他在世界上所有的人当中最憎恨和蔑视的一个。要是她陷进地里去，在他眼前立时死掉，要是衣服上粘着油泥的管灯人不去点燃灯火，而是把她焚化，或者当众打她一顿，他就会乐得哈哈大笑。

"嗨，见您的鬼！归根结蒂，您要明白：您对歌唱和音乐的理解，同我对捕鲸术的理解差不多！我在跟您说话，红头发姑娘！请你们对她解释一下，说那儿不是'升F调'，而是简单的'发'！请你们教会这个不学无术的人认乐谱!好,您一个人唱!开始!第二小提琴手,您带着您那把没擦松香的弓子见鬼去!"

她,十八岁的姑娘,站在那儿,瞧着乐谱,周身发抖,像是用手指头使劲拨了一下的琴弦。她那张小脸不时红得像朝霞一样。泪水在她眼睛里发亮,眼看着就要滴在那些竖起针头般小黑脑袋的音符上。她那丝线样的金黄色头发像瀑布似的落在她的肩膀上和背脊上,要是能遮住她的脸不让人看见,她就喜之不尽了。

她的胸脯在胸衣里波浪般地起伏。那里,她的胸衣里和胸脯里,正掀起轩然大波:她又觉得愁闷,又良心痛苦,又蔑视自己,又战战兢兢。……可怜的姑娘感到自己有罪,她的良心在抓挠她的五脏六腑。她觉得对不起艺术、指挥、同事、乐队,大概也觉得对不起观众。……倘使观众嘘她,那他们是一千倍地正确的。她的眼睛不敢看人,可是她感到大家都带着憎恨和轻蔑的神情看她。……特别是他!他恨不得把她抛到天涯海角去,离开他的音乐耳朵越远越好。

"上帝啊,指点我好好唱吧!"她暗想。她的嘹亮颤抖的女高音流露出绝望的音调。

他却不肯理解这种音调,骂她,揪他自己的长头发。既然今天傍晚就要公演,他才顾不上什么怜悯不怜悯呢!

"糟透了!这个丫头今天要用她那副山羊嗓子把我活活地折磨死!您算不上歌剧女主角,您是洗衣女工!你们干脆把红头发的乐谱拿走!"

她愿意唱好,不愿发音不准。……她也能够避免发音不准,她原是精通她的工作的。可是她的眼睛不听她的话,难道这也能怪她?它们,那对美丽而不老实,因此她一直到死都要诅咒的眼睛,总也不肯看着乐谱,不肯注意指挥棒的动作,却老是瞧着指挥的头发和眼睛。……她的眼睛喜欢指挥的乱蓬蓬的头发和他的眼睛,可是那两只眼睛却对她冒出火星,看上去实在吓人。可怜的姑娘神魂颠倒地爱上了他那张不时掠过乌云和闪电的脸。她那小小的智慧总也不肯投到排演中去，却老是思索那些妨碍她工作、生活、心情平静的不相干的事情，难道这也能怪她？……

她的眼睛瞅着乐谱，随后从乐谱上移到他的指挥棒上，再从他的指挥棒上移到他的白色领结上，下巴上，唇髭上……

"把她的乐谱拿走！她有病！"他终于喊道，"我不能再指挥了！"

"是的，我病了。"她温顺地小声说，准备道歉一千次。……

他们打发她回家去，她在演出里的位子就由另一个演员来接替。那个演员的嗓子差一点，可是对工作能采取严格的态度，工作老实而认真，不去想什么白色领结和唇髭。

她就是到了家里，他也不容她消停。她从剧院里回来，倒在床上。她把头埋在枕头底下，却从闭着的眼睛的一团漆黑里看见他那张气愤得变了样的脸，觉得他好像用那根小棒敲打她两边的鬓角。这个蛮横的人

邻居集

成了她初恋的对象!

头一张油饼往往煎不好①。

第二天,排演结束以后,她那些艺术同行纷纷到她家里来,探问她的健康情况。报纸上和戏报上都登载着她害病的消息。剧院经理和导演也来了,人人都向她表示恭敬的关切。他也来了。

每逢他不站在乐队前边,不看着总乐谱,他就完全成了另一个人。这时候他总是彬彬有礼,殷勤,恭敬,像个男孩一样。他脸上洋溢着尊重而可爱的笑容。他不但不喊见鬼,甚至当着女人的面不敢吸烟,也不敢把一条腿架在另一条腿上。这时候很难找到比他更和善、更正派的人了。

他来到这里,脸色极其忧虑,告诉她,说她的病对艺术来说是很大的不幸,说所有她的同事和他自己都不惜牺牲一切,只求"我们的小夜莺"②身体健康,心情

① 借喻"初次的尝试难免失败"。
② 原文为法语。

平静就行。唉,这些病!它们使得艺术遭到很大的损失。必须对经理说一声,要是舞台上还跟以前那样有穿堂风,那就谁也不同意演戏,大家一齐走掉了事。健康比世上一切东西都宝贵啊!他带着感情握她的手,恳切地叹口气,要求她准许他下次再来探望,然后一边咒骂疾病,一边走掉。

这个好人!可是另一方面,等到她声明已经恢复健康,又回到舞台上来,他却又对她大喊见鬼,又有电光在他脸上闪来闪去了。

实际上他是个很正派的人。有一次,她站在后台,倚着一株上面装饰着木制花瓣的玫瑰花丛,瞅着他的一举一动。她见到那个人,不禁痴迷得气都透不出来了。他正在后台站着,跟美菲斯托费尔和瓦兰廷①一起喝香槟酒,扬声大笑。他的嘴是骂惯了见鬼的,这时

---

① 法国作曲家古诺(1818—1893)根据德国作家歌德的诗剧《浮士德》改编的同名歌剧中的两个人物,在此指扮演这两个角色的男演员。

候却不住吐出俏皮话来。他喝完三杯酒,从歌剧演员面前走开,向乐队席入口处走去,那边的小提琴和大提琴正在调音。他走过她身旁,微笑着,神采焕发,摇摇手。他脸上洋溢着满意的神情。谁敢说他是个不好的指挥?谁也不敢!她涨红脸,对他微微一笑。他带着酒意,在她身旁站住,讲起来:

"我喝得浑身发软了,"他说,"我的上帝啊!我今天心里痛快极了!哈哈!你们今天都这么好!您的头发可真漂亮!我的上帝啊,莫非我至今一直没注意到这只夜莺生着那么漂亮的长发吗?"

他低下头,吻她那披散着头发的肩膀。

"我喝了那点该死的酒,浑身发软了。……我亲爱的夜莺,您不会再出错了吧?会专心地唱吧?为什么您常常发音那么不准呢?以前您可不是这样,金黄的小脑袋!"

指挥浑身发软,吻她的手。她也讲起来:

"您不要再骂我。……要知道我……我……您骂得我心都碎了。……我受不了。……我向您起誓!"

泪水涌上她的眼睛。她自己也没觉得就挽住他的胳膊肘,几乎把她全身的重量都压在他身上。

"真的,您不知道。……您那么凶。我向您起誓。……"

他在树丛上坐下,差点摔下来。……为了不致跌倒,他就搂住她的腰。

"铃响了,我的小亲亲。到幕间休息的时候再谈吧!"

散戏以后,她不是一个人回家。跟她一块儿回去的还有他,带着醉意,浑身发软,幸福得放声大笑!她多么幸福呀!我的上帝!她坐在车上,感到他搂住她,她都不相信她的幸福了。她觉得命运似乎在诓哄她!然而不管怎样,这以后有整整一个星期,观众一直在戏报上读到指挥和他的她都病了。……他整整一个星期没离开她,这个星期在他俩心目中却像是一分钟。姑娘一直到不便于再避开人们,什么事也不做,才放开他。

"应当把我们的爱情拿出去透一透风了,"指挥第七天说,"缺了我那个乐队,我心里闷得很。"

到第八天,他又摇着指挥棒,骂所有的人见鬼,连"红头发姑娘"也不能幸免了。

这些女人像猫似的充满温柔的爱情。我的女主人公虽然跟她的凶神结合在一起,开始共同生活,可是她仍然没有放弃她的愚蠢习惯。她还是像从前一样,眼睛不看着乐谱,不看着指挥棒,却看着他的领结和脸。……临到排演和公演,她屡屡发音不准,而且比以前更厉害。为此,他把她骂得好苦!以前他只在排演的时候骂她,如今却可以在散戏后,回到家里,站在她床前骂她。那个多情的丫头!她唱歌的时候,只要看到她热爱的那张脸,就顿时落下整整四分之一拍子,或者嗓音颤一下。每逢歌唱,她总是从台上看着他,而她不歌唱的时候,站在后台,眼睛也仍然离不开他颀长的身材。遇到幕间休息,他们就在化妆室里相会,两个人喝着香槟酒,讪笑那些给她捧场的人。乐队一奏起序曲,她总是站在台上,凑着幕布上的小洞瞧他。演员们往往凑着这个小洞讪笑第一排的秃顶观众,并且根据可以看到的人头的数目来断定剧院卖座的多少。

幕布上的小洞断送了她的幸福。有一次闹出了乱子。

那是谢肉节的一天,剧院里上演《法国清教徒》①,座无虚席。开演前,指挥穿过乐谱架往他的位子走去,这时候她已经站在幕布后面,凑着小洞如饥如渴地往外看,心里发紧。

他做出一副难看的严肃脸相,向四面八方摇指挥棒。乐队开始演奏序曲。他那英俊的脸起初还相当平静。……可是后来,序曲演奏到中间部分,他右边脸颊上却现出闪电,右眼睁细了。右边的乐声有点乱:那边长笛吹走音了,巴松管手不合时宜地咳嗽起来,这一声

---

① 德国作曲家梅耶贝尔(1791—1864)创作的歌剧。

咳嗽可能妨碍巴松管准时开始演奏。然后他左边的脸颊红起来,开始颤动。这张脸瞬息万变,充满烈火!她瞧着他,感到自己升到七重天上,幸福极了。

"大提琴,见你的鬼!"他咬着牙很快地嘟哝一句,声音小得几乎听不见。

大提琴手是熟悉乐谱的,可是他不想理解乐谱的灵魂!这种温柔的乐器,声音那么柔和,怎么可以交托给那些不知感情为何物的人去演奏呢?指挥整个脸上一阵阵痉挛,他伸出空着的手,一把抓住乐谱架,倒好像胖胖的大提琴手只为挣钱才演奏,不是因为他的灵魂想演奏,这都要由乐谱架来负责似的!

"快离开舞台!"旁边什么地方有个人说。……

忽然间,指挥的脸大放光彩,闪着幸福的神情。他的嘴角露出笑意。原来有个困难的地方由首席小提琴手极其精彩地演奏出来了。指挥心里愉快得很。我那红头发的女主人公心里也感到愉快,仿佛她就是首席小提琴手,或者她有指挥的心似的。然而她的心不是指挥的心,虽然指挥确实藏在这颗心里。"红头发女鬼"瞧着那张微笑的脸,自己也开始微笑……然而这不是微笑的时候。紧跟着就发生一件令人惊讶的、非常愚蠢的事。……

她眼前那个小洞,忽然不见了。它到哪儿去了?上边有个什么东西唰唰地响,仿佛吹起一股平稳的风。……有个什么东西擦着她的脸,卷上去。……到底出了什么事?她开始用眼寻找小洞,想见到她热爱的那张脸,可是她没找到小洞,却忽然看见一片汪洋大海般的亮光,高而且深。……那一大片亮光里闪出多得数不清的灯火和头颅,她在形形色色的头颅当中看见了指挥的头颅。……指挥的头颅正瞧着她,惊讶得呆住了。……随后,惊讶让位给无法形容的恐惧和绝望。……她自己也没觉得就往脚灯跟前迈出一小步。……后排的观众发出笑声,不久整个剧院都淹没在接连不断的笑声和嘘声里。见鬼!在《法国清教徒》里歌唱的女人竟然戴着帽子和手套,穿着最时髦的衣服！……

"哈哈哈！"

头一排的那些秃顶,笑个不停,身子不住扭动。……全场掀起轩然大波。……他的脸变得苍老,添了皱纹,像伊索的脸了！那张脸上露出痛恨和诅咒的神情。……平时他那么看重他的指挥棒,别人就是用元帅杖来掉换,也不肯放手,现在他跺一下脚,把它丢在脚跟前了。乐队胡乱演奏一会儿,停下来。……她往后退去,脚步踉跄,瞧着两旁。……两旁都是布景,有些苍白而气愤的脸从布景后边向外张望。……那些野兽般的嘴脸在咬牙切齿地小声抱怨。……

"您把我们毁了！"剧团经理小声抱怨道。……

幕布缓慢地放下来,飘飘摇摇,迟疑不定,仿佛不是落到该落的地方似的。……她身子摇晃起来,倚在一块布景上。……

"您把我们毁了,骚娘儿们,疯娘儿们。……哼,见鬼去吧,可恶极了的贱婆娘！"

说这些话的声音,也就是一个钟头以前她动身到剧院里来,对她喁喁私语的那个声音:"不爱你是不可能的,我的小亲亲!你啊,我的好天才!你的吻抵得上穆罕默德的天堂啊!"可是现在呢?她完了,实实在在,她完了!

等到剧场里恢复秩序,勃然大怒的指挥第二次着手指挥乐队演奏序曲,她却已经回到自己家里。她很快脱掉衣服,钻进被子里。躺着死掉,总不及站着或者坐着死掉那么可怕。她相信良心的折磨和悲伤会送掉她的命。……她把头埋到枕头底下,索索地抖,在被子里不住翻身,什么也不敢想,羞得透不出气来。……被子上有他吸过的雪茄烟味。……过一会儿他回来,会说些什么呢?

夜里两点多钟他回来了。指挥喝醉了。他又伤心,又气愤,灌了不少酒。他两条腿发软,手和嘴唇发抖,好比微风吹拂下的树叶。他没脱掉皮大衣和帽子,照直走到她床前,站一会儿,沉默不语。她屏住呼吸。

"当着全世界的面丢尽了脸,居然还能心平气和地睡觉!"他咬牙切齿地低声说,"我们这些堂堂正正的艺术家,居然能昧良心!好一个真正的女艺术家!哈哈!简直是妖婆!"

他揭掉她身上的被子,把被子往壁炉那边一扔。

"你知道你干了什么事?你要笑我,见你的鬼!你知道吗?莫非你不知道?坐起来!"

他抓住她的手,猛然一拉。她在床沿上坐下,把脸藏在她那披散下来的头发里。她的两个肩膀发抖。

"原谅我吧!"

"哈哈!这个红头发!"

他猛然扯一下她的衬衫,看见她美丽的肩膀白得像雪一样。可是他没有心思欣赏肩膀。

"你从我家里滚出去!穿上衣服!你毒害了我的生活,没出息的东西!"

她往椅子跟前走去,那儿凌乱地堆着她的衣服。她开始穿衣服。她毒害了他的生活!她毒害这个伟大的人的生活,这太卑鄙,太恶劣了!她走掉就是,免得继续干这种卑鄙的事。其实,没有她,也还是会有人来毒害他的生活。……

"滚出去!马上就走!"

他拿起她的短上衣,摔在她脸上,把牙咬得嘎吱嘎吱响。她穿好衣服,在门边站住。他沉默着。然而这种沉默没持续多久。指挥身子摇摇晃晃,对她指着门口。她走出房门,到前堂里。他推开临街的大门。

"出去,贱婆娘!"

他抓住她窄小的后背上的衣服,把她推出门外。……

"再见!"她用忏悔的声调小声说,然后消失在黑暗里。

外边大雾迷蒙,天气很冷。……天空下着毛毛细雨。……

"见鬼去吧!"指挥对着她的后影叫道。他没听她咯吱咯吱响地踏着泥浆走去的声音,却关上大门。他把他的伴侣赶到寒冷的迷雾中去后,就在温暖的床上睡下,开始打鼾。

"她活该!"他第二天早晨醒来说,可是……他说的是假话!好像有几只猫抓挠他那颗音乐的心。他怀念红头发姑娘,心都痛了。整整一个星期,他像喝得半醉的人那样走来走去,心里痛苦,盼着她回来,由于下落不明而苦恼。他认为她会回来,他相信这一点。……可是她没回来。她爱这个人胜过爱她自己的生命,因此她不愿意破坏这个人的生活。由于她"行为不检点",她的名字从剧院演员们的名单上勾销了。人们没原谅她闹的乱子。关于辞退她的决定,没通知她本人,因为谁也不知道她跑到哪儿去了。大家什么也不知道,然而揣测纷纭。……

"她冻死了,要不然就是投河自尽了!"指挥揣测道。

过了半年,大家都把她忘了。连指挥也把她忘了。每个漂亮的艺术家都有很多与他有过关系的女人,要记住每个女人,那就得有非常好的记性呢。

如果相信道德高尚和笃信宗教的人们的话,那么这个世界上的人都会受罚。指挥受到惩罚了吗?

是的,他受到惩罚了。

五年以后,指挥路过某城。城里有个出色的歌剧院。他在城里停留一天,为的是了解一下歌剧院的演员们。他在最好的旅馆里住下。他到达后的头一天早晨就收到一封信,清楚地表明我这个头发很长的男主人公享有多么高的名望。信上要求他为歌剧《浮士德》担任指挥。原来的指挥突然病倒,于是指挥棒没有人执掌了。他,我的男主人公(信上要求他说),是不是愿意不辞辛劳,利用这个机会让城里爱好音乐的市民们欣赏一下他的艺术?我的男主人公同意了。

他就拿起指挥棒,"素不相识的"乐师们看见了他那张掠过乌云和闪电的脸。闪电很多。这也难怪:排演已经来不及举行,他只得直接在公演的时候显出他的艺术本领。

邻　居　集

头一幕顺利地过去了。第二幕也这样。可是到第三幕却闹出了小乱子。指挥没有看舞台或者看任何地方的习惯。他的全部注意力都集中在总乐谱上。

第三幕里,玛加丽特①,一个出色而嘹亮的女高音,边纺线边歌唱,他听得很满意,就微微一笑:这个小姐唱得好听极了。然而等到这个小姐唱慢八分之一拍子,他脸上就掠过闪电,带着痛恨的心情看舞台上。可是那些闪电出了大事!他惊讶得张大嘴巴,眼睛瞪得像小牛犊那么大。

舞台上纺车旁边,坐着个红头发姑娘,就是从前被他从暖和的床上赶下来,推到外边黑暗的冷雾中去的那个姑娘。现在她,红头发姑娘,就坐在纺车旁边,不过已经完全不是从前被他赶出来的那种样子,而是另一种样子了。她的脸还是跟从前一样,可是嗓音和体态却大不相同。她的嗓音和体态已经运用自如,细致

---

① 歌剧《浮士德》中的女主人公格蕾岑的名字,在此指扮演这个角色的女演员。

多了,优雅多了,也大胆多了。

指挥大张嘴巴,脸色煞白。他的指挥棒烦躁地活动,在一个地方胡乱挥舞一阵,随后就停在那儿不动了。……

"就是她!"他大声说,笑起来。

他心里充满惊愕、兴奋、无比的欢乐。被他赶走的那个红头发姑娘,并没有消沉,却变成巨人了。这使他那指挥的心感到愉快。舞台上多了一颗明星,他为艺术事业高兴得透不出气来!

"就是她! 就是她!"

指挥棒已经停在一个地方不动。等到他想挽救这个局面,挥舞它,它却从他手里滑下去,啪的一声掉在地板上。……首席小提琴手惊讶地瞧着他,弯下腰去拾指挥棒。大提琴手以为指挥头晕,就停住手,后来又拉起来,却跟不上。……音乐声转来转去,在空中兜圈子,想从混乱中找出路,却绕成一团乱麻。……

她,红头发的玛加丽特,跳起来,用愤怒的眼光打量"那些醉鬼",他们……忽然,她脸色惨白,她的眼睛上下打量指挥。……

观众们跟这些事全不相干,他们是花钱来看戏的,于是开始喝倒彩,打呼哨。……

给这个乱子添上最后一笔的,是玛加丽特发出一声尖叫,声音响得整个剧院都能听见,然后举起双手,整个身子往脚灯跟前扑过去。……她认出了他,现在她别的都没看见,只看见他脸上重又出现的乌云和闪电。

"啊,该死的坏娘儿们!"他叫道,一拳头打在总乐谱上。

要是古诺看见人家这样嘲弄他的作品,他会怎么说!啊,古诺就会把这个人打死,而且他这样做是对的!

这是指挥生平第一次出错,然而出这样的错,这样的乱子,他却不能原谅自己。

他把下嘴唇咬出血,从剧院里跑出去,一直回到旅馆里,关上房门。他关在房间里,坐了三天三夜,大概一直在反省和悔恨。

据乐师们说,这三天三夜他把头发都熬白了,而且把头发揪掉了一半。……

"我侮辱了她!"现在他喝醉了酒就哭着说,"我破坏了她的独唱!我不配做指挥!"

可是当初他把她赶走后,这样的话为什么就一句也没说过?

太　　太

一

一辆带弹簧的四轮马车,由一对漂亮的维亚特省小马拉着,滚过干枯而又扑满尘土的杂草,窸窸窣窣地响,来到玛克辛·茹尔金的小屋跟前。车上坐着叶连娜·叶果罗芙娜·斯特烈尔科娃太太和她的管家费里克斯·阿达莫维奇·尔热威茨基。管家灵巧地跳下马车,走到小屋跟前,用食指敲窗上的玻璃。小屋里有个小小的灯火。

"谁呀?"一个老太婆的声音问道,窗子里露出玛克辛的妻子的头。

"出来,老大娘,到街上来!"太太叫道。

过一分钟,玛克辛和他妻子从小屋里走出来。他们在门口站住,一言不发地向太太,然后向管家鞠躬。

"你费神讲一讲,"叶连娜·叶果罗芙娜对老人说,"这都是什么意思啊?"

"怎么了,太太?"

"什么叫'怎么了'?莫非你不知道?斯捷潘在家吗?"

"不在,太太。他到磨坊去了。"

"他这是怎么搞的?这个人我简直不明白!为什么他从我家里走了?"

"不知道,太太。我们怎么知道呢?"

"他也太不像话了!他一走,我就没有赶车的了!都因为他走了,费里克斯·阿达莫维奇才不得不亲自动手套车,赶车。这太荒唐了!你们要明白,这简直是胡闹嘛！他嫌工钱少还是怎么的？"

"基督才知道他是怎么回事！"老人回答说，斜起眼睛看一看管家。管家正往窗子里瞧。"他没对我们说。他脑子里是怎么想的，谁也没法知道。他只说一声不干，就完了！他有他自己的主意！他多半嫌工钱少！"

"是谁躺在圣像底下的长凳上？"费里克斯·阿达莫维奇往窗子里瞧，问道。

"是谢敏，你老！斯捷潘不在家。"

"他也太放肆了！"太太点上纸烟，继续说，"尔热威茨基先生，他在我们那儿挣多少工钱？"

"一个月十卢布。"

"要是他嫌十卢布少，那我可以给他十五卢布！可他却一句话也没说就走了！这正当吗？有良心吗？"

"我不是早就说过，跟这种人根本用不着讲客气！"尔热威茨基开口说，把每个音节都念清楚，竭力不让重音落在倒数第二个音节上,"您把这些寄生虫惯坏了!根本用不着一下子把工钱全发给他!这有什么好处?再者您又何必打算给他添工钱呢?反正他得回来!已经跟他谈妥,雇下他了!你对他说,"波兰人对玛克辛说,"他简直是猪。"

"别再说了![1]"

"听见了吗,乡巴佬?把他雇下了,他就得干活,不能想走就走,鬼东西!他明天再不来,就让他试试看!他不听话,我要给他点厉害看看!你们也要倒霉!听见了吗,老婆子?"

"别说了[2],尔热威茨基!"

"你们全得倒霉!到时候你别上我的办公室里来,老狗!跟你们讲客气?!难道你们也算是人?难道你们懂得好话?只有揍你们一顿,给你们点苦头吃,你们才会明白!叫他明天一定来!"

---

[1][2] 原文为法语。

邻居集

"我对他说就是。为什么不对他说呢?可以说的。……"

"你告诉他说我给他加了工钱,"叶连娜·叶果罗芙娜说,"我家里不能没有赶车的。等我另外找到人,他要想走就让他走。叫他明天早上一定再到我家里来!你们告诉他说,他这种不礼貌的行动惹得我非常生气!老大娘,你们一定要对他说!我希望他明天就来,不要逼得我打发人来叫他。你走过来,老大娘!这给你,亲爱的!怎么样,这么大的孩子恐怕难管吧?你收下吧,亲爱的!"

太太从衣袋里取出一个好看的烟盒,在纸烟底下抽出一张黄色钞票来,递给老太婆。

"要是他不来,"太太补充道,"那我们就只好吵架,那就非常没意思了。不过我希望……你们会劝他。我们走吧,费里克斯·阿达梅奇!再见!"

尔热威茨基登上马车,拿起缰绳,马车就顺着柔软的道路走掉了。

"她给了多少钱?"老人问道。

"一个卢布。"

"拿给我!"

老人接过那个卢布,用两个手心把它摩挲平,小心地叠好,收在衣袋里。

"斯捷潘,她走了!"他走进小屋里,说,"我随口撒了个谎,说你到磨坊里去了。她急坏了,急得什么似的!……"

马车刚刚走远,看不见了,斯捷潘立刻就在窗口露面了。他脸色白得像死人一样,不住发抖,从窗子里探出半个身子,对着远处乌黑的花园摇他的大拳头。那是地主家的花园。他摇六下拳头,嘴里叽叽咕咕说了句什么话,就把身子缩回小屋里,砰的一声关上窗子。

太太走后过半个钟头,茹尔金的小屋里开晚饭了。厨房里炉子附近一张油污的桌子旁边,坐着茹尔金和他妻子。玛克辛的大儿子谢敏坐在他们对面,他是暂时回来休假的兵,脸庞又红又瘦,鼻子很长而有麻点,眼睛油亮。谢敏相貌酷似他父亲,只是头发不白,头顶不秃,眼睛也不像他父亲那样狡猾和近似茨冈。玛克辛的第二个儿子斯捷潘坐在谢敏身旁。斯捷潘什么东西也不吃,用拳头支住他那漂亮的、金发的头,瞅着烟熏的天花板,一个劲儿地想心事。晚饭是由斯捷潘的妻子玛丽雅端上来的。大家沉默地喝完白菜汤。

"收走!"玛克辛看见白菜汤已经喝完,就说。玛丽雅把桌上的空汤钵拿走,可是没能顺利地送到炉子那边,其实炉子离得很近。她身子摇摇晃晃,倒在长凳上了。汤钵从她手里掉下来,落在膝头上,又滑到地上。她发出抽抽搭搭的哭声。

"像是有人在哭吧?"玛克辛问。

玛丽雅哭得更响了。照这样过了两分钟。老太婆站起来,亲自把粥端到桌子上。斯捷潘嗽了嗽喉咙,站起来。

"住嘴!"他嘟哝说。

玛丽雅仍旧在哭。

"我叫你住嘴!"斯捷潘喊道。

"我顶不喜欢听娘儿们嚎!"谢敏大胆地嘟哝说,搔搔他的硬后脑壳,"她哇哇地哭,可是自己也不知道为什么哭!俗语说得好:娘儿们总是娘儿们!要是想哭,就该到院子里去哭个痛快!"

"娘儿们的眼泪好比清水!"玛克辛说,"幸好眼泪用不着花钱买,是白来的。哼,有什么可哭的?哎!别哭了!人家又没把你的斯捷潘抢走!她简直给惯坏了!娇里娇气!快来喝粥!"

斯捷潘弯下腰去凑近玛丽雅,轻轻地打她的胳膊肘。

"喂,你哭什么?住嘴!叫你别哭!哎哎……贱货!"

斯捷潘抡起胳膊,一拳头打在玛丽雅躺着的长凳上。大颗亮晶晶的眼泪顺着他的脸颊淌下来。他抹掉脸上的眼泪,在桌旁坐下,开始喝粥。玛丽雅站起来,抽抽搭搭,在炉子另一边坐下,离大家远远的。他们把粥也喝完了。

"玛丽雅,拿克瓦斯来!自己该做的事,自己要知道做,小娘儿们!一把眼泪一把鼻涕的,也不害臊!"老人叫道,"你也老大不小的了!"

玛丽雅从炉子另一边走过来,脸色苍白,泪痕斑斑。她没举眼看人,把大匙递给老人。大匙在众人手里传来传去。谢敏用手接过大匙,在胸前画个十字,喝几口,呛住了。

"你笑什么?"

"没什么。……我是喝呛了。我想起一件可笑的事。"

谢敏就把头往后一仰,咧开大嘴,咯咯地笑起来。

"太太来过了吧?"他斜起眼睛看着斯捷潘,问道,"啊?她都说了些什么?啊?哈哈!"

斯捷潘瞧谢敏一眼,面孔涨得通红。

"她给十五卢布。"老人说。

"真有你的!只要你乐意,她连一百也肯给呢!

我说错了就让上帝打死我:她一定肯给!"

谢敏挤挤眼睛,伸个懒腰。

"哎,要是我有这么个娘儿们就好了!"他接着说,"那我就会挤出她的油水来,妖婆! 我要榨干她的油水! 我要榨⋯⋯"

谢敏缩起脖子,打一下斯捷潘的肩膀,哈哈大笑。

"说的就是啊,亲人! 你太缩手缩脚! 我们这种人可不能怕难为情! 你这傻子,斯捷潘! 唉,什么样的傻子啊!"

"那还用说:他就是傻子!"父亲说。

抽抽搭搭的哭声又响起来。

"你的娘儿们又哭了! 可见她吃醋了,她怕胳肢①! 我可不喜欢听娘儿们哭鼻子,就像拿刀子扎了她似的! 哎,娘儿们呀,娘儿们呀! 上帝干吗把你们造出来? 到底为了什么? 谢谢这顿晚饭,诸位可敬的先

---

① 意谓"一点小事就受不住了"。

生！现在要有点酒喝才好,那就能舒舒服服睡一觉,做一场好梦！你那个太太家里,想必不知有多少美酒吧！要喝多少就喝多少！"

"你这没心肝的畜生,谢敏！"

斯捷潘说完,叹口气,抱起一床毯子,从小屋走到院子里。谢敏也跟着他走出去。

外边很静,俄罗斯的夏夜安然来临。月亮从遥远的山丘后面升上来。蓬松的浮云镶着银白色边缘,迎着月亮游过去。天边白茫茫,十分宽广,铺满悦目的淡绿色。星光变得微弱,仿佛见了月亮害怕,把微弱的亮光收敛起来似的。夜间的潮气从河里升上来,摩挲人的脸颊,向四面八方扩展开去。神甫格利果利的小木房里,时钟连敲九下,声音响得全村都能听见。开酒店的犹太人砰砰响地关上窗子,在店门上方挂一盏污浊的提灯。街上和各处院子里一个人影也没有,一点声音也听不见。……斯捷潘把毯子铺在草地上,在胸前画个十字,躺下去,把胳膊肘垫在头底下。谢敏嗽一嗽喉咙,在他脚旁坐下。

"嗯,是啊……"他说。

谢敏沉默一会儿,设法坐得舒服点,点上小小的烟斗,开口说:

"今天我到特罗菲木那里去过。……喝了啤酒。一共喝了三瓶呢。你想抽烟吗,斯捷巴①?"

"不想抽。"

"这烟草挺好。现在有点茶喝就好了!你在太太家里有茶喝吗?茶好吗?一定挺好吧?多半是五卢布一磅的茶叶。有那么一种茶叶,一磅要一百卢布呢。真有那样的。虽说我没喝过,可是我知道。当初我在城里做店员,就见过。……只有太太才喝那种茶叶。单是那股香味就值多少钱啊!我闻过。明天你到太太那儿去吗?"

"躲开我!"

---

① 斯捷潘的小名。

"你生什么气呢？我又没骂你,只不过说说话罢了。用不着生气嘛。可是为什么你不去呢,怪人？我不懂！钱又多,吃得又好,酒呢,想喝多少就有多少。……她的烟,你拿过来就抽,好茶也自管喝。……"

谢敏沉默一会儿,接着说：

"她又长得俊。跟老太婆勾搭上才倒霉,可是跟这个勾搭上,那可是福气！"谢敏啐一口唾沫,沉默一会儿,"这个娘儿们好比一团火！一团旺火！她脖子真好看,那么胖乎乎的。……"

"可要是干坏事,灵魂有罪呢？"斯捷潘忽然翻过身来对着谢敏,问道。

"有罪？哪有什么罪？穷人干什么都没罪。"

"要是干坏事,连穷人也得下地狱。……而且难道我算是穷人？我不是穷人。"

"可是这算是什么罪？是啊,又不是你去勾搭她,是她来勾搭你嘛！你简直是草包！"

"你呢,是强盗,你讲的都是强盗的理。……"

"你这个笨人啊!"谢敏叹道,"真笨!自己有福气,却不懂得消受!你连一点灵性也没有!大概,你的钱多得很呢。……看样子,你不缺钱用。"

"缺钱是缺钱,可是人家的钱我不要。"

"你又不是去偷,那是她亲手拿给你的。不过跟你这个傻瓜有什么可说的!这就像拿豌豆往墙上碰,白费劲。……跟你说话简直是白费唇舌。"

谢敏站起来,伸个懒腰。

"你会后悔的,可是那时候就迟了!从今以后我都不想理你了。你不配做我的弟弟。叫鬼去保佑你吧。……你找你那头蠢母牛去亲热吧。……"

"玛丽雅是母牛?"

"就是母牛。"

"哼。……你就连给这头母牛踩一脚都不配。走开!"

"本来这件事不但对你有好处,而且……对我们也有好处。傻瓜!!"

"走开!"

"走就走。……可惜没有人揍你一顿!"

谢敏转过身去,嘴里打着呼哨,慢腾腾地往小屋走去。大约过了五分钟,斯捷潘附近的青草窸窸窣窣地响起来。斯捷潘抬起头。原来玛丽雅到他这边来了。玛丽雅走到他跟前,站一会儿,在斯捷潘身旁躺下。

"你别去了,斯捷巴!"她小声讲起来,"你别去,我的亲人!她会把你生生地毁了!她,这个该死的,有了那个波兰人嫌不够,还要找你。你别到她那儿去,斯捷巴!"

"你别缠我!"

玛丽雅的泪水像滚烫的小雨点那样滴在斯捷潘的脸上。

"你别毁掉我,斯捷潘!你别让你的灵魂担上罪名。你要专爱我一个人,不要去找别人!上帝把我许配给你,那你就跟我一块儿过。我是孤儿啊。……我只有你这么一个亲人了。"

"躲开我！啊……恶魔！我已经说过我不去了！"

"就是嘛。……你可别去,亲爱的！我已经怀孕了,斯捷巴。……孩子不久就要生下来。……你别丢下我们,上帝会惩罚你的！公公和谢敏一心要打发你到她那儿去,你可别去。……你别听他们的。……他们是野兽,不是人。"

"你去睡吧！"

"我去睡,斯捷巴。……我去睡。"

"玛丽雅！"玛克辛的声音响起来,"你在哪儿呀？来,婆婆叫你！"

玛丽雅跳起来,理理头发,往小屋那边跑去。玛克辛慢腾腾地往斯捷潘这边走过来。他已经脱掉外边的衣服,只剩下内衣,看上去像是死尸。月光在他秃顶上闪烁,照亮他那对茨冈般的眼睛。

"你是明天还是后天到太太那儿去？"他问斯捷潘说。

斯捷潘没答话。

"要是去的话,就明天去,而且要早点。恐怕那些马一直没有刷洗过。不过你别忘了她答应给十五卢布。只给十卢布,那你就不干。"

"我再也不去了。"斯捷潘说。

"这是为什么?"

"不为什么。……我不想去。……"

"到底是什么缘故?"

"您自己也知道嘛。"

"哦。……小心,斯捷巴,可别逼得我到老了还要打你一顿!"

"您打吧。"

"能这样回答爹妈的话吗?你这是在回答谁?你可要小心!嘴巴上的奶还没干呢,就跟父亲顶嘴。"

"我不去,就是这么回事!您常到教堂里去,可是您却不怕犯罪。"

"傻瓜,我正打算让你分家另过!那要不要造新房子呢?你说要不要?那么木材去找谁要?恐怕只有向斯特烈尔契哈①要吧？还有,钱去向谁借？要不要向她借？她又会给你木材,又会给你钱。她会赏给你的!"

"让她去赏给别人好了。我不要。"

"我要抽你一顿!"

"那就抽吧! 抽吧!"

玛克辛笑一笑,把胳膊伸出去。他手里有根鞭子。

"我要抽你,斯捷潘。"

斯捷潘翻过身去,做出人家在妨碍他睡觉的样子。

"那么你不去？你真是这么说的?"

"真的。要是我去,就叫上帝活活把我打死。"

玛克辛就举起胳膊。斯捷潘顿时感到肩膀上和脸颊上一阵剧烈的疼痛。斯捷潘像疯子一样跳起来。

"别打,亲爹!"他叫起来,"别打了! 听见没有？你别打!"

---

① 女地主斯特烈尔科娃这个姓在农民中的俗称。

"那怎么样?"

玛克辛沉吟一下,又抽斯捷潘。他抽了三下。

"你父亲吩咐你的话,你得听!要你去,你就去,混蛋!"

"别打了!听见没有?"

斯捷潘放声痛哭,一下子倒在毯子上。

"我去!好!我去。……不过你要记住!你会后悔!你会诅咒这件事!"

"好吧。反正你去是为你自己,又不是为我。要造新房子的是你,不是我。我说过要抽你,我就抽了。"

"我……我去!不过……不过你会想起这根鞭子的!"

"好吧。你吓唬我吧。看你还对我说什么!"

"好。……我去。……"

斯捷潘不再痛哭,翻过身去,脸朝下,小声抽泣着。

"你把肩膀耸个不停!哭鼻子了!那你就多哭一

会儿吧!明天你早点去。你先支一个月工钱。还有,你已经上过四天工,那四天的工钱也要领。那点钱足够给你的母马买块头巾用。你不要因为挨了鞭子而生气。我是爹。……我想打就打,想饶就饶。就是嘛。……你睡吧!"

玛克辛摩挲一阵胡子,转过身往小屋那边走去。斯捷潘好像听见玛克辛一走进小屋就说:"我抽了他一顿!"接着传来谢敏的笑声。

格利果利神甫的小木房里,一架走了音的钢琴发出哀怨的琴音:每到八点多钟,他的女儿照例要练琴。安静而奇怪的琴声传遍整个村子。斯捷潘站起来,翻过篱墙,顺着街道走下去。他走到河边。河水亮晃晃的,像是水银。水面上映着天空以及月亮和星斗。四下里是坟墓般的寂静。没有一样东西动一下。只有一只蟋蟀偶尔叫几声。……斯捷潘在河岸上坐下,下边就是河水。他用拳头支住头。种种阴郁的思想,一个接着一个在他头脑里翻腾起来。

河对面,有些高大、匀称的杨树耸立着,把地主家的花园团团围住。地主家窗户里的灯光,从树木之间射过来。太太大概还没睡。斯捷潘坐在岸上,不住思忖,一直到河面上开始有燕子飞翔,他才站起来,那时候照着河水的已经不是月亮,而是正在升上来的太阳了。他站起来,用河水洗了洗脸,面对东方祷告一阵,然后迈开坚决的步伐,沿着河岸,很快地向浅滩走去。他蹚水走过不深的浅滩,朝着地主家的院子走去。……

二

"斯捷潘来了吗?"叶连娜·叶果罗芙娜第二天醒来,问道。

"来了!"使女回答说。

斯特烈尔科娃微微一笑。

"啊啊……很好。现在他在哪儿?"

"在马房里。"

太太从床上跳下地,赶紧穿好衣服,走到饭厅里去喝咖啡。

斯特烈尔科娃外貌还年轻,比她的岁数少俊。只有她那对眼睛露出破绽,说明她已经活过女人一生当中的好岁月,年纪已经三十开外了。她那对眼睛是栗色的,深不可测,带着不相信人的眼神,与其说是女人的,倒不如说是男人的眼睛。她生得不美,可是能招人喜欢。她脸庞丰满,讨人喜爱,健康。谢敏讲起过的她那脖子,以及她的胸部,都挺好看。倘使谢敏知道美丽的小脚和小手的价值,那他一定也不会绝口不提女地主的小脚和小手。她周身的装束素雅而轻飘,是夏季服装。她的头发梳成极简单的款式。斯特烈尔科娃为人懒散,不喜欢为梳妆忙碌。她所住的庄园,原是她哥哥的。她哥哥是单身汉,住在彼得堡,很少想到自己的庄园。她自从同丈夫分手后,一直住在庄园上。她丈夫斯特烈尔科夫上校是很正派的人,也住在彼得堡,很少想念他的妻子,甚至还不如她哥哥想念他的庄园。她和丈夫共同生活还没满一年就分开了。婚后二十天,她就对他变心,有外遇了。

斯特烈尔科娃坐下来喝咖啡的时候,吩咐人去叫斯捷潘来。斯捷潘来了,在门口站住。他脸色苍白,头发也没梳,两眼的神情像是被捉住的狼:愤恨而阴沉。太太瞟他一眼,微微脸红了。

"你好,斯捷潘!"她一面说,一面给自己斟上咖啡,"劳驾,你说说看,你这搞的是什么把戏? 为什么你走掉了? 你干了四天活,就走掉了。你没说一声就自管走了。你应当先说一声才对!"

"我说过了。"斯捷潘没好气地说。

"向谁说的?"

"向费里克斯·阿达梅奇。"

斯特烈尔科娃沉默一会儿,问道:

"你是生气了还是怎么的? 斯捷潘,你答话呀! 我在问你! 你生气了吗?"

"要是您没说那样的话,我就不会走掉。我是来管马的,不是来……"

"这件事我们不要再提了。……你没听懂我的话,就是这么回事。你不应当生气。我并没说什么了不得的话。即使我说过些你认为可气的话,那你……那你……是啊,我毕竟是……我有权利说几句多余的话嘛。……嗯。……我给你加工钱了。我希望,从今以后你我之间不会再发生什么误会。"

斯捷潘转过身子,走回去。

"等一下,等一下!"斯特烈尔科娃止住他说,"我还没把话说完。你听着,斯捷潘……我这儿有一身新的马车夫衣服。你拿去穿上吧,你现在身上穿的这些衣服都要不得。我这儿的一身很漂亮呢。……回头我打发费多尔给你送去。"

"是。"

"你的脸色多么难看。……你心里还不痛快吗?难道能生这么大的气? 得了,别这样。……反正我又没怎么样。……往后你会在我这儿过得挺好。……你会样样都满意的。你别生气了。……你不生气了吧?"

"难道我们这种人能生气吗?"

斯捷潘摇一下手,眨巴着眼睛,扭过脸去。

"你怎么了,斯捷潘?"

"没什么。……难道我们能生气吗?我们不能生气。……"

太太站起来,做出忧虑的脸色,走到斯捷潘跟前。

"斯捷潘,你……你哭了?"

太太拉住斯捷潘的衣袖。

"你怎么了,斯捷潘?你怎么了?你倒是说话呀!是谁欺负你了?"

太太的眼眶里涌上泪水。

"你说呀!"

斯捷潘摇一下手,使劲眨巴眼睛,哇的一声哭了。

"太太!"他喃喃地说,"我往后会爱你。……你要我怎么样,我就怎么样!我答应就是!不过,你任什么东西都别给他们,那些该死的!一个小钱也别给,一块小木片也别给!我样样都答应!我把我的灵魂出卖给魔鬼好了,不过你任什么东西都别给他们!"

"给谁?"

"我父亲和哥哥。一块小木片也别给他们!让他们活活地气死才好,这些该死的!"

太太微微一笑,擦干眼泪,大声笑起来。

"好,"她说,"行,你走吧!我马上就打发人把你的衣服给你送去。"

斯捷潘走出去。

"他那样傻,这多好呀!"太太暗自想道,瞅着他的后影,欣赏他那副极宽的肩膀,"他倒省了我的事,免得我对他表白了。……他倒先提起'爱情'了。"

临到天色将近黄昏,西下的夕阳把天空染成紫红色,给大地涂上金黄色,斯特烈尔科夫家的那些马就从村子里出来,在长得看不见尽头的草原大道上,像发疯似的朝着遥远的地平线急驰而去。……带弹簧的四轮马车颠动得像小皮球一样,一路上无情地压断那些向着大道垂下沉重的穗子的黑麦。斯捷潘坐在赶车座位上,发狂地用鞭子抽马。看样子,他像是竭力要把缰绳扯断成一千截似的。他装束得颇为体面。看得出来,他这身打扮是花了不少时间和金钱的。价钱不小的丝绒和红布裹紧他强壮的身体。他胸前挂着一串表链,上面有些表坠。皮靴的靴腰用最地道的鞋油擦亮。车夫帽上插着孔雀毛,帽子几乎像是没碰到他卷曲的金发。他脸上现出麻木的顺从神情,同时又露出怒不可遏的疯狂神情,害得那些马吃尽苦头。……太太在四轮马车上坐着,让四肢舒服地摊开,用宽阔的胸膛吸进有益于健康的空气。她脸颊上现出青春的红晕。……她感到她在享受生活。……

"真好,斯捷巴!真好啊!"她叫道,"使劲抽马!叫它快跑!快得像风一样!"

要是车轮轧着石头,石头就会迸出火星来。……村子离他们越来越远。……农民的小屋不见了,地主家的谷仓不见了。……不久,连钟楼也看不见了。……最后,村子变成一条烟雾迷蒙的长带,淹没在远方。可是斯捷潘仍然赶马,赶个不停。他一心想远远地离开他极其害怕的罪孽。可是,不行,罪孽就坐在他肩膀后面,坐在马车上。斯捷潘躲也躲不开。这天傍晚,草原和天空做了他出卖灵魂的见证。

十点多钟,马在回去的路上奔驰起来。拉边套的马瘸了腿,辕马周身布满泡沫。太太在马车的角落里坐着,把身子蜷缩在斗篷里,眼睛半睁半闭。她唇边露出满足的笑容。她呼吸得那么轻松,那么自在!斯捷潘一面赶车,一面却在暗想:他就要死了。他头脑里空洞而昏沉,苦闷咬啮他的心。

每天傍晚,那些刷洗干净的马总要从马房里牵出来。斯捷潘把它们套在四轮马车上,赶着车往花园旁门走去。眉开眼笑的太太就从旁门里走出来,坐上马车,于是疯狂的奔驰开始了。这样的奔驰没有一天躲得开。说来也是斯捷潘倒霉,他命中注定连一个阴雨连绵而不能乘车外出的傍晚也没遇上。

有一次,斯捷潘赶车外出,从草原上回来后,走出院子,沿着河岸溜达一下。他头脑里照例昏昏沉沉,一点思想也没有,心里苦闷极了。夜色又美又安静。清淡的香气在空中飘荡,温柔地抚摸他的脸。斯捷潘想起了村子,它就在河对面,黑糊糊的一片,近在他的眼前。他想起小屋、菜园、他的马,想起那条又长又宽的凳子,他同他的玛丽雅一块儿在那上面睡过,觉得极其舒服。……想到这儿,他痛苦得难忍难熬。……

"斯捷巴!"他听见一个轻微的声音叫他。

斯捷潘回头看一眼。原来玛丽雅朝他走过来了。她刚刚蹚水过滩,手里提着鞋。

"斯捷巴,你为什么离家走了?"

斯捷潘茫然看着她,然后扭过脸去。

"斯捷巴,你把我这个孤儿撇给谁呀?"

"躲开我!"

"要知道,上帝会惩罚你,斯捷巴!你会遭到惩罚的!上帝会叫你来不及行忏悔礼①就一下子死掉。你记住我的话!当初特罗菲木大爷跟兵的妻子一块儿过,后来他是怎么死的,你记得吗?求主保佑人不要那样死掉才好!"

"你干吗缠住我?哎……"

斯捷潘往前迈出两步。玛丽雅伸出两只手揪住他的外衣。

"要知道,我是你的妻子,斯捷潘!你不能就这样丢开我!斯捷巴!"

玛丽雅放声痛哭。

"亲人呀!我情愿给你洗脚,喝掉你的洗脚水!咱们回家去吧!"

斯捷潘挣脱玛丽雅的手,举拳打她。他是出于无

---

① 基督徒在病死前照例要请教士来行忏悔礼。"来不及行忏悔礼",在此指"不得好死"。

意,心里痛苦才打她的。不料一拳恰好打在她肚子上。玛丽雅叫一声哎呀,捧住肚子,在地上坐下。

"哎哟!"她哀叫道。

斯捷潘眨巴眼睛,举起两个拳头抵住他的双鬓,头也不回地往院子里走去。

他回到马房里,倒在长凳上,拿起枕头来压在头上,死命咬他那只打人的手。

这时候,太太坐在她的寝室里,用纸牌占卦,算一算明天傍晚的天气好不好。纸牌说,天气会很好。

三

尔热威茨基那天晚上在邻居家里做客,一清早坐着马车回家去。太阳还没升上来。那是早晨四点钟光景,不会更迟。尔热威茨基的头脑里乱哄哄的。① 他

---

① 指他隔夜的醉意还没全消。

赶着马车,身子微微有点摇晃。他有一半的路程要穿过树林走。

"出了什么鬼事?"他赶着马车往他做总管的庄园驰去,暗自想道,"好像有人在砍树!"

树木的砍伐声和树枝的折裂声,从树林深处传到尔热威茨基耳朵里来。尔热威茨基尖起耳朵,想了想,嘴里骂着,笨手笨脚地从那辆供快跑用的轻便马车上下来,往树林深处走去。

谢敏·茹尔金正坐在地上,用斧子砍绿树枝。他身旁躺着三棵已经砍倒的赤杨树。旁边有一匹马套在大板车上,正在吃草。尔热威茨基看见了谢敏。他的酒意和睡意顿时消散。他脸色发白,往谢敏跟前跑过去。

"你这是干什么?啊?"他叫道。

"你这是干什么?啊?"回声接应道。

可是谢敏什么话也没回答。他点上烟斗,继续干他的活。

"我问你,混蛋,你在干什么?"

"难道你没看见?莫非你瞎了眼?"

"什么?你说什么?你再说一遍!"

"我是说:你给我走开!"

"什么?什么?什么?"

"你走开!用不着大嚷大叫的。……"

尔热威茨基涨红脸,耸起肩膀。

"好家伙!你怎么敢这样?"

"我就是敢。你算是什么东西?我才不怕呢!你们这种人多的是!要是见着每个人都巴结,那可太费事了。……"

"你怎么敢砍树?这树是你的?"

"也不是你的呀。"

尔热威茨基举起短马鞭,不过这时候谢敏也对他举起斧子,他才没打下去。

"你知道,坏蛋,这是谁家的树林?"

"我知道,地主家的!这是斯特烈尔契哈的树林,我会跟斯特烈尔契哈说。这是她的树林,她问话,我来回答。可你算是什么东西?听差!奴才!我不认识你。你这个过路的,走你的路吧!走!"

谢敏把烟斗在斧子上敲几下,冷冷地一笑。

尔热威茨基跑到轻便马车那儿,用缰绳抽马,箭也似的飞奔到村子里去。在村子里他找到几个见证,带着他们坐上马车,直奔犯罪地点。见证正好碰上谢敏在干活。局面顿时热闹起来。村长啦,副村长啦,文书啦,乡村警察啦,都来了。他们写了好几份公文。尔热威茨基签了名,也叫谢敏签上名。谢敏一个劲儿地冷笑。……

中饭前,谢敏去见太太。太太已经知道砍伐树木的事。他没问候一声,一开口就说这种日子没法过,说波兰人打他,说他只砍了三棵小树,等等。

"可是你怎么敢砍别人的树?"太太冒火了。

"他专门整人,"谢敏嘟哝道,欣赏着太太面红耳赤的样子,一心巴望着无论如何也要给波兰人吃点苦头,"不管你说什么,他就动手打人!难道这能行吗?而且他老是打人的脸!这可不行。……我们到底也是人嘛。"

"我问你,你怎么敢砍我的树?坏蛋!"

"他对您胡说,太太!我,确实……砍过树。……我承认。……可是他凭什么打人!"

地主的血在太太身上奔腾起来。她忘记谢敏是斯捷潘的哥哥,忘记她的好教养,忘记世上的一切,举手就打谢敏一耳光。

"你马上带着你那副乡巴佬的嘴脸给我滚!"她叫道,"滚出去!立刻给我滚!"

谢敏心慌意乱。他无论如何也没料到会出这样的丑。

"再见!"他说,深深地叹口气,"这有什么办法!有什么办法呢!"

谢敏嘟嘟哝哝,走出去了。他只顾走到外面去,甚至忘记戴上帽子。

大约过了两个钟头,玛克辛来见太太。他拉长脸,眼神阴沉。从他的脸容可以看出他到这儿来是要说些顶撞的话,或者干一件放肆的事。

"你有什么事?"太太问。

"您好!我,太太,一多半是想求您点事。您给点木材才好,太太。我想给斯捷潘造小木房,可又缺木料。您给点木头就好了。"

"那有什么关系?行啊。"

玛克辛脸色开朗了。

"要造小木房,可又缺木料。这可是再糟也没有的事了!坐下来想吃白菜汤,可是偏偏又没有白菜汤。嘻嘻。……我想要点小木板,薄板子。……刚才谢敏说了些顶撞的话。……您千万别生气,太太。傻瓜终究是傻瓜。他那点傻气还没从他脑子里出去呢。没一点灵性。他就是那种人嘛。那么,太太,您答应我们去砍树了?"

"去吧。"

"那么您费心跟费里克斯·阿达梅奇说一声。求上帝保佑您健康！那斯捷巴就有房子住了。"

"不过我要的价钱很贵,茹尔金！你知道,木材我是不卖的,我自己要用,我要卖的话,那就贵了。"

玛克辛的脸拉长了。

"这话是什么意思？"

"就是这个意思。第一,要出现钱买;第二……"

"要出钱买,那我不要。"

"那你要怎么样？"

"您知道我要怎么样。……您心里有数。如今庄稼汉哪有钱？就连一个小钱也没有。"

"我不能白给。"

玛克辛把帽子捏在拳头里,开始看天花板。

"您这话是认真说的？"他沉默一会儿,问道。

"认真说的。你还有话要说吗？"

"我有什么说的呢？木材您不给,那我何必再跟您多说呢？再见。可是,您不该不给木材。……您会后悔的。……我倒无所谓,可您会后悔的。……斯捷潘在马房里吗?"

"不知道。"

玛克辛意味深长地瞧一下太太,嗽了嗽喉咙,迟疑一下,走出去。他气得浑身肌肉发紧。

"原来你是这么个娘儿们,骗子手!"他暗自想着,往马房走去。这时候,斯捷潘正坐在马房里的长凳上,懒洋洋地给站在他面前的马刷洗身子。玛克辛没有走进马房,在门口站住。

"斯捷潘!"他说。

斯捷潘没答话,也没看他父亲一眼。那匹马摇晃了一下。

"你打点一下回家去!"玛克辛说。

"我不想去。"

"难道你能对我说这种话?"

"既然我说了,那就可见能说。"

"我叫你回去!"

斯捷潘跳起来,把马房的门对着玛克辛的鼻子砰的一声关上。

傍晚,村子里一个男孩跑到斯捷潘这儿来,告诉他说,玛克辛把玛丽雅赶出家门,弄得玛丽雅不知道该到哪儿去过夜了。

"她现在坐在教堂旁边哭呢,"小男孩讲道,"她身旁围上一群人,都在骂你。"

第二天一清早,地主家的人还在睡觉,斯捷潘却穿上他那身旧衣服,走回村子里去。教堂在敲钟,召唤人们去做弥撒。那是星期日早晨,明亮而欢畅:但愿人们都能活着,高高兴兴才好!斯捷潘路过教堂,茫然看一眼钟楼,迈步向酒店走去。不幸的是酒店比教堂开得早。他走进酒店,柜台旁边已经有人在喝酒了。

"白酒!"斯捷潘命令道。人家就给他斟满一杯白酒。他喝下去,坐一会儿,然后又喝。斯捷潘喝得醉醺醺,开始请别人喝。一场热闹的狂饮开始了。

"你在斯特烈尔契哈家里挣很多工钱吧?"西多

尔问。

"该挣多少就挣多少。你喝吧,蠢驴!"

"这是好事。为假日干一杯,斯捷潘·玛克辛梅奇!为星期日干杯!可是您怎么不喝呀?"

"我……我喝。……"

"那很好。……这种事,老实说,是很不坏,很迷人的,斯捷潘·玛克辛梅奇!是啊。……那么容我问您一句,您挣十卢布的工钱吧?"

"哈哈!难道做老爷的能靠十卢布过日子?你这是什么话?他挣一百哪!"

斯捷潘看一看说话的人,认出他就是谢敏哥哥。谢敏坐在墙角里长凳上喝酒。从谢敏身后探出教堂诵经士玛纳富伊洛夫的醉脸,极其恶毒地微笑着。

"容我问您一句,老爷,"谢敏脱下帽子说,"太太的马好不好?您喜欢吗?"

斯捷潘沉默地给自己斟上白酒,沉默地喝下去。

"大概很好吧,"谢敏接着说,"只是可惜,没有马车夫。没有马车夫可就有点那个了。……"

玛纳富伊洛夫走到斯捷潘跟前,摇晃着头。

"你……你……是猪!"他说,"猪!你不觉得这是造孽?诸位正教徒啊!他不觉得这是造孽!可《圣经》里是怎么写的,啊?"

"躲开我!傻瓜!"

"傻瓜。……你才聪明!你做了马车夫,可是不管马。嘻嘻。……她也给您咖啡喝吧?"

斯捷潘抡开胳膊,把酒瓶砸在玛纳富伊洛夫的大头上。玛纳富伊洛夫的身子摇晃了一下,他接着说:

"爱情!这是多么好的感情呀。……哎哎……可惜就是没法办喜事成亲。要不然,就当上老爷了!乡亲们,他会变成挺不错的一位老爷呢!又严厉,又聪明!"

接着是哄堂大笑。斯捷潘抡开胳膊,把酒瓶又砸在同一个脑袋上。玛纳富伊洛夫的身子摇晃一下,这回倒在地上了。

"你为什么打人?"谢敏喊着,往弟弟那边扑过去,"你先办了喜事再来打人!乡亲们,他凭什么打人?你凭什么打人,我问你?"

谢敏眯细眼睛,抓住斯捷潘胸口的衣服,一拳打在他心窝上。玛纳富伊洛夫爬起来,伸出长手指头在斯捷潘的眼前摇来摇去。

"乡亲们!打人了!真的,打人了!快上手啊!"

酒店里人声嘈杂。谈话声夹杂着哄笑声。

酒店门口围上来一群人。斯捷潘揪住玛纳富伊洛夫的衣领,把他抛到门外。诵经士嘴里尖叫着,身子像球似的滚下台阶。哄笑声更响了。人们把酒店挤得满满的。西多尔与这件事不相干,却也插上一手,自己也不知道为什么就朝着斯捷潘背上打一拳。斯捷潘抓住谢敏的肩膀,把他摔出门外。谢敏一头撞在门框上,踉踉跄跄跑下台阶,汗湿的脸扑在尘土里。他弟弟跑到他跟前,踩着他的肚子又蹦又跳。他跳得那么用劲,那么解恨,那么高。他跳了很久。

邻　居　集

钟楼上敲响赞美歌《应当》的乐声。斯捷潘往四下里看。他四周净是一张张笑脸,一张比一张醺醉而欢乐。那些脸好多呀!谢敏从地上爬起来,蓬头散发,血迹斑斑,捏紧拳头,脸容凶恶得像野兽。玛纳富伊洛夫躺在尘土里,不住地哭。灰尘眯了他的眼睛。在斯捷潘周围,鬼才知道出了什么样的事!

斯捷潘打个冷战,脸色发白,像疯子一样拔腿就跑。人们在后面追他。

"抓住他!抓住他!"人们在他身后喊道,"揪住他!打死他!"

斯捷潘不禁心惊胆战。他觉得人家要是追上他,就一定会打死他。他跑得更快了。

"抓住他!揪住他!"

他自己也没注意就跑到神甫家里。大门敞开着,两扇门让风吹得摇摇晃晃。……他跑进院子里。

他的玛丽雅正坐在离大门三步远的一堆刨花和木屑上。她把两条腿盘在身子底下,向前伸出两条软弱无力的胳膊,眼睛一刻也不离开地面。一看到玛丽雅,斯捷潘的兴奋而迷醉的头脑里忽然闪过一个光明的想法。……

从此地跑掉吧,带着这个脸色像死人一样惨白的、受尽委屈的、他所热爱的女人,跑到远方去吧。躲开这些恶棍,跑到远方去,比方说跑到库班去。……库班多么好呀!要是相信彼得舅舅信上的那些话,那么库班草原是多么神奇的广阔天地呀!不但那儿的生活畅快,夏季也长,人也勇敢。……他们,斯捷潘和玛丽雅,在最初一段时期不妨去做雇工谋生,以后就耕种他们自己的一小块地。在那儿,他们不会再同头顶光秃而且生着茨冈般的眼睛的玛克辛打交道,也不会再同醉醺醺地冷笑的谢敏打交道。……

他带着这个想法走到玛丽雅跟前,在她面前站住。……可是他由于喝醉酒而头晕,眼睛里闪着五颜六色的斑点,周身感到酸痛。……他的两条腿站不稳了。……

"到库班去……那个……"他勉强说出口,感到他的舌头失去说话能力了。……"到库班去……找彼得舅舅。……知道吗?他来过信。……"

可是这办不到了!库班化成一股风,飞得无影无踪。……玛丽雅抬起恳求的眼睛,瞧着他苍白而神志不清的脸,那早已披散下来的头发把脸盖住了一半。她站起来。……她的嘴唇开始颤抖。……

"是你,强盗?"她哭道,"是你吗?大概,你这张脸是在酒店里给人打出血了吧?该死的东西!你这个害人精!你吸干我心里的血,等你到那个世界,巴不得叫你也受受这种罪,混蛋!你活活要了我这个孤儿的命!"

"住嘴!"

"凶神恶煞!你们一点也不怜惜基督徒的灵魂!你们坑害所有的人,强盗!……你是杀人的凶手,斯捷巴!圣母会惩罚你!你等着就是!为这件事不会白白放过你!你当是只有我一个人受苦?你想错了。……

你也照样要受苦。……"

斯捷潘开始眨巴眼睛,身子摇晃一下。

"住嘴!别说了,看在基督面上!"

"醉鬼!我知道你拿谁的钱去喝酒。……我知道,强盗!你是高兴了才去喝酒吧?大概你快活得很吧?"

"闭嘴!玛丽雅!别说了……"

"你来干什么?你要怎么样?你是来夸耀一番?用不着你夸耀,我们都知道。……全世界都知道。……昨天差不多整整一天大家都拿你的事挖苦我,该死的。……"

斯捷潘跺了跺脚,摇晃一下身子,闪着两只发光的眼睛,用胳膊肘碰了碰玛丽雅。

"叫你住嘴!不要撕扯我的心了!"

"我偏要说!你要打人吗?好吧。……给你打。……你来打这个孤儿吧。反正一样。……我还能指望你疼我?你自管打吧。……把我打死好了,强盗!

你还要我干什么？你有太太了。……她有钱。……她长得漂亮。……我是个粗人,她是个贵族。……你怎么不动手打呀,强盗？"

斯捷潘抡起胳膊,用尽全力,一拳打在玛丽雅气得变了样的脸上。这醉醺醺的一拳,恰好打在她的太阳穴上。玛丽雅身子一摇晃,没发出一点声音,就倒在地上。她正倒下去,斯捷潘又给她当胸一拳。

丈夫弯下腰去凑近他妻子的温热然而已经死亡的身体,昏花的眼睛瞧着她极其痛苦的脸,他什么也不明白,在死尸旁边坐下。

太阳已经升到小屋上面,火一般地晒着。风都变热了。浑身发抖的人群密密层层地围住斯捷潘和玛丽雅,炎热的空气里弥漫着使人透不过气来的痛苦。……人们看啊看的,明白这儿出了人命案,不相信自己的眼睛了。斯捷潘睁着昏花的眼睛打量人群,把牙齿咬得咯咯地响,嘴里嘟哝着,前言不搭后语。谁也没动手捆绑斯捷潘。玛克辛、谢敏、玛纳富伊洛夫在人群里站着,彼此挨紧。

"他为什么打死她?"他们问道,脸色白得跟死人一样。

他母亲跑过来,号啕大哭。

有人把所发生的事报告太太。太太叫一声哎呀,抓起小酒精瓶闻一下,然而并没昏倒在地,不省人事。

"可怕的人呀!"她小声说,"哎,什么样的人呀!坏蛋!好吧!我要拿出点颜色来给他们看看!他们马上就会知道我是个什么人。"

尔热威茨基走来安慰太太。他把太太安慰好,就重新占据他原来的位子,而那个位子本来已经由朝三暮四的太太从他那儿夺走,让给斯捷潘了。那个位子又有油水又温暖,对他来说是极其适当的。一年总有十次,他让人从这个位子上挤走,不过每次人家都对他付出了赔偿。他们付出的代价可不小呀。

识别上方二维码

免费收听契诃夫小说精彩片段